奎文萃珍

# 司馬相如琴心記

［明］孫柚 撰

文物出版社

## 圖書在版編目（CIP）數據

司馬相如琴心記 / (明) 孫柚撰. -- 北京 : 文物出版社, 2022.6

（奎文萃珍 / 鄧占平主編）

ISBN 978-7-5010-7421-1

Ⅰ. ①司… Ⅱ. ①孫… Ⅲ. ①古代戲曲 – 劇本 – 中國 – 明代 Ⅳ. ①I237

中國版本圖書館CIP數據核字(2022)第018789號

**奎文萃珍**

**司馬相如琴心記** 〔明〕孫柚 撰

主　　編：鄧占平
策　　劃：尚論聰　楊麗麗
責任編輯：李子裔
責任印製：張道奇

出版發行：文物出版社
社　　址：北京市東城區東直門内北小街2號樓
郵　　編：100007
網　　址：http://www.wenwu.com
經　　銷：新華書店
印　　刷：藝堂印刷（天津）有限公司
開　　本：710mm × 1000mm　1/16
印　　張：14.5
版　　次：2022年6月第1版
印　　次：2022年6月第1次印刷
書　　號：ISBN 978-7-5010-7421-1
定　　價：90.00圓

# 序言

《司馬相如琴心記》四卷，明孫柚撰，明傳奇劇本。明萬曆金陵書坊富春堂刊本，題『新刻出像音注司馬相如琴心記』，有單面插圖二十一幅。

孫柚（一五四〇—？），字禹錫，一字梅錫，號遂初、遂初山人。江蘇常熟人。性豪邁，好交友，在虞山北麓築『藤溪』別業，與名流王稚登、莫是龍等觴咏其中。才情流麗，所作歌詩樂府，膾炙人口。著有《藤溪稿》《神游雜著》《秋社篇》《方物品題》《琴心》《昭關》等。傳見康熙《常熟縣誌》卷二十『文苑』。

《琴心記》取材于《史記》卷一百一十七《司馬相如列傳》，并旁采《華陽國志》《西京雜記》等書。《古典戲曲存目彙考》卷九云：『相如以琴曲挑文君，故名《琴心》。本事出正史，亦見《西京雜記》卷二。』全劇共四十四出。劇述西漢時，武騎常侍司馬相如不爲朝廷重用，投奔梁王，不意梁王捐館。相如遂應好友臨邛令王吉邀請前往臨邛。當地富室卓王孫爲討好王吉而邀相如往他家作客。宴會期間，卓王孫之女卓文君偷覷相如一表人才，頓生愛慕。相如亦聞文君美而知音，乃佯醉，借宿西齋。夜深人静時，相如以緑綺琴奏《鳳求凰》向文君傳達愛意。次日文君私奔相如，并連夜逃往成都。相如家徒四壁，無奈兩人又回臨邛，開一酒店，文君當壚賣酒，相如滌器。卓王孫在王吉等人勸説下，送備嫁之物給文君，但中途遇盜，文君爲此染病。相如游梁王門下時，曾作《子虛賦》。恰皇帝讀此賦，大爲欣賞，令楊得意持詔宣相如入京，拜爲著作郎。旋升中郎將，領兵三千，出使巴蜀，招撫西南夷。漢使唐蒙貪贓不法，假傳相如犯法受宮刑。卓王孫逼文君改嫁，文君削髮爲尼。唐蒙又差人入京散布謡言，致相如被誣下獄三年。後王吉升大廷尉，爲相如平反。相如養病茂陵，東鄰女見相如丰姿綽約，琴聲動人，十分鍾情。相如堅拒東鄰女。文君誤聽相如别娶東鄰女，寄《白頭吟》訴怨。相如爲陳皇后作《長門賦》，感動皇上，得加官進爵。相如派人接文君進京，夫婦魚水重諧。全劇卷末有收場詩，作者自述作品主旨：『才子文章冠古今，佳人傾國更知音。花間每憶當壚酒，月下常追隔壁琴。分散莫嫌丹鳳詔，團圓須記《白頭吟》。誰人爲寫風流調，落魄孫生萬古心。』

刻書者金陵富春堂爲萬歷時期著名書坊，主人姓唐，所刊圖書多署『金陵唐對溪富春堂』『金陵三山街綉穀對溪書坊唐富春』等。『富春』疑即其名。富春堂所刻圖書中，以傳奇劇本爲最多，據考有十集百種，書前多冠有『新刻出像』或『新刻出像音注』等字。版式上喜用『花欄』，即四周采用繪有雕花或圖案的欄框。書中插圖爲典型的金陵派版畫風格，質樸、粗豪，鄭振鐸指出其『（插圖）綫條簡樸有力，人物皆是大型的，臉部表情很深刻，雖稍嫌粗率，但十分放縱、生辣。這一派的風格後來在「年畫」作品裏還保持下來』（《中國古代木刻畫史略》）。

所繪髮髻、冠戴、磚石、器物等喜用大塊陰刻墨底，與綫描和畫面上的空白處形成黑白對比，相映成趣。

《琴心記》另有明末毛氏汲古閣原刻初印本（《古本戲曲叢刊·二集》據之影印）、汲古閣刻《六十種曲》本。

葛瑞華

二〇二二年七月

皇明萬曆歲

# 刻出像音註司馬相如琴心記

姑蘇攷正

金陵富春堂繡梓

# 新刻出像音註司馬相如琴心記一卷

金陵 書坊 富春堂 梓

○第一折

【月下笛】【末白】屈指少年。光陰過了。幾番寒食。流光可惜。白駒(日影)馳。錦梭擲頻教燕子留春住。儘力留他不得。但黯然春去。落(惜花)紅成陣。暮雲凝碧。○無那新愁積。把才子(指相如)文章。美人(文君)顏色。全憑翠管巧將一段春織。風流寫入宮商調。勸取騷場浪客。願休辭潦倒看。俯仰古今陳跡

【末白】今日是滿座風流才子。四方儒雅先生。喜听錦囊佳句。願聞白雪新声。不審后房子弟。搬演何本傳奇。內應云琴心記。便是。末云原來荀錫所撰。長卿故事。听道始終。滿庭芳蜀郡相如。臨邛卓氏。風流兩愛

琴声。當筵挑動，私約去都亭，可奈君徒四壁，勉當壚滌器偷生。一旦題橋奮志，詞賦動朝廷，特来君寵渥持旌奉使，太守郊迎，從此王孫献食，諂奉文君，不道姻緣寧貼，白頭吟，尚自伶仃，感長門千金一賦，重協旧時情。

○第二折　相如倦游

【高陽臺】（生唱）鵬（音周）困畐蔔，騅（音追）傷逐北。命乖時蹇难說。一点羈心。功名兩字消滅，頓言守志。蓬蒿裡，奈秋風漸凋华髮，但淒然臨瑟，羡竽，背灯弾鋏。

【鷓鴣天】有志能令氣不郡，無缘空自積殷勤。縱横已磨魚腸劍，涉獵难消鳥篆文。愁白日，覩青云。長安何處是明君。虚将兩泪滄江上，葉落蕭蕭不可聞。○下官司馬

相如別友往都亭

長卿蜀郡成都人氏。父母愛之，字曰犬子。有慕藺相
如之為人，故自更名相如久矣。椿萱双逝，傷哉琴瑟
孤單。只今勿紹箕裘，未諧鸞鶴。曩歲以貲求郎，得為
武騎常侍。卿欵嫿蘊藉于當年，陳經濟于世主。爭奈
景廟好談黄老，擯薄名儒。一時詞賦賢才，多歸梁国。
遂謝病西遊，与諸生同事。虽幸蒙知遇之隆，尚未呈
免邸之志。不意孝王捐館，賓客解散。挾緒者懷珠自
悲，曳裾者褰裳需足，良可嘆也。思欲退歸田園，徒苦
蕩析家業。江湖不能遂其志，廊廟弗克展其才，命也
何如。幸有相知王吉筮仕臨邛，昨日修書來邀，不免
暫過一回，再作區處。正是雲淡水平烟樹簇，鷹飛汸
上不宜秋。已曾分付青囊收拾着行李，我想已完備
而矣。青
囊那里。

【紅綉鞋】（丑唱）堪愁行李摩肩，摩肩。袒裼辛苦誰憐，誰憐。天為
帳地為氈，山同伴，水同眠，只少個杖頭錢。相公行礼以備，就請起程。
（生云）既如此就行。青囊你曉得此行呵，我心中有多
少不平之氣。那一件所感之事，所觸之景，不關上愁

來〔丑云〕相公怎兒
得〔生云〕你不知道
〔高陽臺序〕命壓孤身愁深双泪英雄到底裡沒有用文
章番成無限悲切酸咽空教辨度秋風也何蕭條夢裡
分說這早晚壓途怎如他朝臣待漏玉珂金闕〔丑云〕相公這功名事怪你不
得〔前腔〕堪噎音咽紫閣吾紳。朱門授簡當時已慚裾曳何况
飃蓬轉眼又成吳越愁殺那更父母俱亡也論姻緣未
諧閥閱音伐音說把一生合受團圓変為残缺〔生云〕青囊你看這景色呵
〔前腔〕銷骨短劍無錢孤琴罷彈荒村野店黃葉一点征
鴻愁共遠天俱絶心裂貂裘已破黄金盡這凍魂仗誰
醫热怕從今無限凄凉恨深啼鵊〔丑云〕相公

〔前腔〕休怯。尔病入凋梧，貧依衰草，一時計穷途拙且自藏珎。張儀人名尚存餘舌，須達終還有個與我提携起程，就了無心事業那時鄧雲翼飛騰身名双絶。相公天色已暮古道無人，快請趲行前去。

〔尾声〕臨卭遠在孤雲末天邊帰鳥随雲疾人去雲空和鳥投。

故人書寄北風遥　千里心旌望去軺
今日夕陽衰草畔　一鞭秋色馬蕭蕭

○第三折　文君新寡

〔梨花児〕争扮女婢上唱　春蘭吃苦常吽天夏蓮不見男児面秋

菊心酸。知幾遍 嗏 趕雄不若冬瓜賤 自家卓府中使女山茶便是老相公着我每在後花園中輪班打掃只得在此伺候如何同伴的不見到来呀說尤未了来得恰好海棠姐又至

前腔〔丑上〕梅香似我天下雖春心一發无由散從入朱門愁不撓 嗏 阿儂常似天涯遠〔淨見諢介丑〕閑事休纏今日秋風嫋嫋必有殘葉堆階怕老相公到来遊玩不如東些打掃一回如何〔淨〕海棠姐言之有理我和你到碧梧亭一帶掃去来〔掃介〕

清江引 碧桐庭下拂滿擁雙羅裙短行过木樨軒重到芙蓉館向池頭戲鴛鴦愁無伴 海棠姐這壁廂打掃已完我和你再到丁香亭去来你看斷香云淡空翠烟霏好生景致也〔丑〕真个好景致如今待我掃去〔掃介〕

前腔 水晶簾額丁香館撓處遊絲斷輕靄碧林重斜日蒼苔滿遍欄杆怕風来吹頭乱 山茶姐我和你打掃都完了倘那女娘公子到

來你却奉承那一個(淨云)我喜那似娘兒開了花只
見那蕭宮花蒲路花一庭花后庭花錦上花雨中花
一枝花一叢花金錢花木蘭花蝶恋花解語花々開
多少懷春女誰道山茶不惜春(丑云)好々々你春興
發作了(淨云)休取笑你却奉承那一箇(丑云)我喜那
駙公子惜余春只見那錦堂春晝堂春漢宮春月宮
春鳳楼春玉楼春武陵春絳都春沁園春塞垣春燕
臺春上林春々來多少貪花漢一是海棠不是花孕
好々々我的春興發作了你的花心也動了丙作鶯
鳴介(丑淨鶯介)呼不好了去了罷怕老相公到來听
見惹出閑事来老天々々只顛倒裡犯了鉄掃帚莫
要撞見火老鴉我和你快去罷(下介旦上)
【西地錦】(旦)舜鏡鸞衾翠減啼珠鳳蠟紅殘画屏空自堯
湘江人共楚天俱遠香肌縮盡損纖腰歎咸羅衣寒未
消風觸柴簾自無賴葉宣京吹只
蕭條奴家卓氏小字文君同胞弟妹只有卓勝文姫
自身吻長鰥秀閨房初憑爹々諾太后之娃寶圭為
妻不幸芳年迸寡氷桑之操雖抗之甚至李萱覩既
逝空閨無聊春鶯秋燕甚誰為情隨身侍女雖衆僅

足以供使令、只有孤紅小妮子、從幼伴我、習些針指、
讀些典籍、問來閒話、頗似知音、今日爹爹在后園賞
桂、邀我同遊、不免喚他把鏡來照一照、恐怕鬓兒乱上
了、孤紅何在、[占云]惜春常怕花開早、厭漏偏愁月上
遲、步碎羅衫人不識、風情誰打絳唇知、小姐万福、旦
孤紅免礼、[占云]小姐、你為何這幾日玉減香消花慵
月懶、敢有甚么心事來、奴家有一言奉稟、[旦云]女孩
兒家那有心事、[占云]小姐、你不知道婚姻大数也、夫
婦大倫也、夫数固不偶、夫倫容可廢乎、況鳳簪未逢
蕭史、藍橋不識裴航、既無一夜之恩、安有百年之義、
賛姐夫无緣、一旦捐館、小姐芳姿絕世、妙齡當人
有名賢為配、国士成双、為得拘拘小節、有傷人道乎、
[旦云]孤紅、言之差矣、忠臣不事主、烈女不更夫、此古
聖之言也、豈有未嫁易鄭、以身殉歡者乎、若老相公
知道、猶要罪你了、今后快不可如此、我才喚你要取
鏡兒開到繡奩中帶取一枝花朵來、[占應介][照花前
后鏡、花面交相映、莫作鏡中花、霧隔頭難並、暫下取
鏡上能照千莖髮、難諳一寸心、（鏡銘）小姐鏡兒在此、[照介]

[二郎神]雲鬟乱、苦愁容、對菱花、獨看恨錦帳無緣春夢

斷柰胭脂銷褪黄花瘦入朱顏是何事鈿蟬零落遍鳳

釵橫一朝分散鏡兒羞甚底團圓怪人間到有孤單孤紅你看我阿絲鬟易銷春思浅青絲难掠曉壯残真好苦也占云小姐你臉似芙蓉眉如遠山肌膚柔滑如脂這等芳容难道終身孤另

前腔

幽閑春山橫黛秋波蘸眼那映水芙蓉凝嫩臉柰泪珠抛盡垂髻肖只自便嬛怨結髮今鬆愁鬟覓知甚日赤繩重綰一个鏡兒少畫眉郎官使清光瘦減嬋娟小姐可憐你月照盡淹秋水下風情都老鬟雲間待何日揚眉對月擲髮乘風旦云孤紅我忽然身子不快不去后園遊玩了占云既不去呵那琴是小姐所好的何不以此自遣旦云不要

集賢賓

鐘期已死真的遠梅花吟落羞彈占云琴既不用看書如何

占云不要識字嵤令愁莫展。怎消得青琴遺怨。占云那綉牀上指此女孤
紅如何云也不要占蓮花並幹。却怎綉心中絲斷。占云小姐俱不好可待奴家吹
箭一曲如何旦云也不要秦楼畔。声裂處。鳳來人散。占云小姐你俱見羞了那琴可
前腔楚雲湘水音自遠。廣陵仙調堪傳。書中意可也有女誡賢
規俱妙選。須未可午窗抛倦。女紅也該習他休道是閑拈針線。
看銀底鴦回鳳轉。那箭月阿秉鴦處數声耿。碧雲天遠丑净上云
静臨蘭檻卸頭時。鋪葉参花錦帶垂款勸王娘花下
去貼靴先贈木樨枝小姐老相公在西園賞桂等候
多時又着我每來請望乞就移蓮步旦云我身子不
快不去了占云小姐嬌休虽可惜父毋不可違孤
与你久滞深閨也帶挈要一
要旦云既如此勉强走一遭
猫児墜旦唱綺花似錦。步獨承蓮。嬝娜嫋肢閑不前。蕭

々梧葉角門邊〔合唱〕走遍直待要歷尽林亭轉过秋韆

丑淨云小姐快此請行

〔前腔〕西園又恍銀月忽籠烟絳燭光生碧樹間花稍珠斗又爛徧〔合前〕

〔尾声〕此行共入天香院看何漢粼々碧浅好一似隨着姮娥到廣寒。

絳綃風動却身寒　行到花間待月看
漫掩朱扉合金鎖　不容人倚玉欄杆

○第四折　設館都亭

〔一剪梅〕〔小生唱〕故人寥落寄窮途音問常孤魂夢常孤

王祥甫設館都亭

便鴻鲁附数行書。知在成都。知在神都。昔合金蘭誼。今
千里別。能使一心酸。下官王吉。表字祥甫。今為臨邛
縣令。追念故人司馬相如宦遊不遂。曾依書往邀相
叙。如何久無消息。昨夜夢兒可喜。想是今朝到也。不
免喚曹吏過來。去問都亭長。可曾打掃完備広。曹吏
何在〔末云〕得請三尺法。勝讀十年書。曹史告老爹。不
知有何鈞旨〔小生云〕差你到都亭中去問亭長。可曾
打掃完備広。待司馬相公到時。請在亭中暫歇。郎來
通報〔末云〕理會得。相期旅雁天涯客。分付梅花驛裡
人〔末下〕〔小生云〕叫皂隷着當直的老人整備酒菜果
酒都亭伺候〔應介〕〔小生云〕渭北江東人未見。暮雲春
樹独依依。
〔小下〕〔净上〕
〔風檢才〕皂羅袍。着來又破。烏紗帽。戴來偏大。說起接官
心也苦。鎮日間受飢餓。如此卑官不思做。小官吔自家臨邛縣都亭長便是
到任不多時。只見上官來往。年紀又大。常例又无。下
知受了多少辛苦。前日大老爹分付。教我打掃都亭

有鄉里來到不免伺候一回。呀、
一个提控又來畢竟也為他了。

前腔要當該、非千小。可守房科。其实难過。容易三年。沒

事務到后來。落一箇大使倉官雜職做。却才遵老爹之
命來到都亭日

喜亭長在此。与他作揖見介末云老爺差我來問都

亭。你可曾打掃得完備了丑淨上云那提控。你自請

看、呀、那牌
頭也來了。

前腔小丑唱氣轟轟承牌似火。脚騰騰拿人似虎。事出

官差豈是我。乌名孔雀毛不多大。也到令人膽驚破。堂上有自家丁

名皂隸頭張嗩㖓便是。大老爹差我喚當直老人。買
办各處尋他。不見來到都亭前只有亭長提控二人

在此。不免問他一聲兩介可見申明亭王
八老人丑淨云他遠來蒲頭灰的不是他。

前腔副淨唱破頭巾。枯桒葉補爛鬚鬢。縧綿紗索做。鄉下

奔來筋裸匕。媳婦兒樞親。我常放公匕殺些匕火。【譏】云怎么吃你殺了火。【副淨云】难道公匕會爬灰。㸒媳婦不着的【譏】卻元來你到是一个火頭。【副淨云】休取笑牌頭你尋我做甚【小丑云】大老爹着你整備果酒在此。寺候鄉里到來。【副淨云】這个有【小丑云】我与提控相公在此你請我二人一請何如。【淨云】使得。就請到酒店中去罷。

【前腔】買鋪陳好歹賺个窮廝給。左右沒数吃得些匕兒無罪過。上小樓兩傍坐逢酒須吞不論大。

【小丑】偷得官身【副淨】剛此匕公帳

【末】大家一醉【淨】不許留剩

○第五折　王孫作釀

【一江風】【生丑唱】喜停車已入仙郎縣。政治民安堵滿城中声遍絃歌教化如東魯田野草萊除。々々々々公門鳥雀虛不三年成了彈琴治。淨云方才說大老爹鄉里要到你看遠々來的莫不是他我且去問那相隨的人便知分曉丑問介你家相公可是大老爹鄉里丑云正是你問他怎的淨驚介亭長喚見生云請起淨云請相公在都亭中少坐王老爹在后边來了這喚帖是差小人伺候的生看介喚得了你去通報淨云通報々疾忙來到淨下

生查子小生唱官况托水壺。友誼敦芳醑。数載宴中孤今日樽前聚敘見介生云久別丰儀常懷鳧舃小生云自遠顏範每念金蘭生云祥甫民人社稷已申李辛之功忠信明察不愧臨民之本聖門三善施以一心可敬可佳小生云長鄉李買天人暫繫冲霄之翼道兼文武聊羈軼駕之才富貴逼人功名在迩至如小弟薄劣受令一邦何足為長者道哉特治水酒一杯与兄洗塵叫左右將酒過來小生遞酒介生云小弟願借此酒回敬吾兄一杯

【惜奴嬌】承進醍醐，感當年旧雨。一洗塵途，愁城內攻破許多辛苦。從來淪落世途难，將屈指樽前遍数，飛鳧昕不到海雲邊，握手旧人相訴。小生唱開宝蟾，追思鮑叔夷吾，總交情似水。又要如故，看乾坤今古。有幾人為伍。幸遇當歌豪氣逸，橫劍俠心孤。且傾壺，君須念入秦張禄，投朱季布。又不瞻見吾兄，須索痛飲一杯，就求一令行。生云是如此，不敢辭行令，外科，佯補兄也行一令。小生云主人置酒客置令，小弟豈敢。生云主人行令，者左為侑客，却又何芳，固讓。小生云如此領命

外扮王孫上

【生查子】身老愛才華，座上皆珠履。末扮程鄭上唱相約駕香車。鄭驛邀賓處。卓老先生拜揖。外云程老先生拜揖。適承遣使相期，同往都亭，以拜令客司馬相知

且教老夫作賤以招置之此亦美事東牀以具請就
同行何如〔末云〕領命〻〻〔外云〕飄〻飛蓋款芳花行
过都亭駕小車〔末云〕日暮火声山色徑西橋烟樹接
平沙衰草〔云〕告相公此間已是都亭了〔外云〕進去通報
〔淨〕遞帖報介〔生对小生云〕素不相識遊之〻如何〔小生〕
二公皆邑中好客之〻上相見何妨請進来〔外末与生〕
見云〻〻欽登〻幸茲攀鳳〔生〕自慚薄劣何幸光臨〔外〕
末对小生云〕父母大人久隔鳴琴之教〔小生〕卓程二
公常懷挾彈之期〔外〕討茶避坐介〔淨〕這老頭子又来纏
帳了〔丑〕他是甚麼人〔淨〕他家裡最富常要奉承官府
員是女兒在家要認你相公做女婿〔丑〕难道〻〻〔淨〕
道个到不消嘴其实有个女兒新寡小字文君儀容
言德无有不備方才你挑這一張琴他也曉得弦上
音的果若配合了其实一对好夫妻〔丑〕只顛如此〔小
生〕恭来〔外〕对小生云〕老夫不敢啓齒实仰貴卿里高
風明日聊治一孟奉期一叙不知大人心如何〔小生〕
敬當領命
〔生〕不劳了
【錦衣香】愧陋儒承枉顧柰中途飡風露其实有些小客恙不能奉命

病難醫。陸情獨負。【外】此是先生不肯下降【生】豈有此理相招豈敢漫支吾

卓老先生試看野鶴。始信山臞【小生】長卿不必固辭念諸公冶具。為莫

賢。盍簪圖聚【外】老夫明日顓人拜請【小生】老先生遣使宜傍午。殷勤奉慕

明日李生呵欲當車馬親迎共赴【外末】司馬先生

【紫水令】顧鄙夫。㩳財遲暮。仰貴客。山斗規模。思扳寵澤

賁茅廬。敢借遨羽從鸞車。如蒙把羞逢户林泉。乍許光

生路惟求晤〻〻〻高風美度父母大人全賴〻〻相傾蓋〻〻

〻借吹嘘【小生】領命〻〻【外末】李生就此告別早是馬嘶歸路黑不妨香袖半籠鞭【下】【小生】李生亦

就此告別望吾兄息駕此亭早晚自當躬候【生】既托相知不勞掛念且有尊政在治就請回罷【小生】如此

領命叫左右分付本亭人役好生伏侍司馬相公衆應介【小生】林酒追欢心更赤故人相見眼終青【下】【生】

【尾声】綠蘗燕來路阻日落空亭听鷓鴣此夜臨邛獨睡衬（青囊隨我進裡面去）

客館相依賴故人　新知何事遠招賓

一枝且寄鷦鷯月　数載还辞麵米春

○第六出　孤紅窺宴

【薄倖】（旦上唱）楚館雲空秦楼月小問玉簫清絶何方声杳翠幃孤夢碧窗驚曉（占上唱）愁只了柰眼底花殘蝶懶知甚日春風重到（旦）容如露井桃兮似風中絮花落絮飄撥共逐東流去（占）絮好不成綿花開有結子誰與問東君畢竟誰為主（旦）孤紅你往常時動不動身兮早如何喚你不見（占）不瞞小姐說聞老相公大開東閣廣設華筵往召都亭貴客奴家只実瞞了小姐偷覷一回那席面好生擺得富貴齊整你所

我道来只見

【羅裙怨】鸞笙雜鳳簫牙板敲羽衣成削旋六幺鶯声婉囀遶梁嬌也濕透弓鞋人傍金盤草吃的湯品呵猩唇鳳髓調ㄑ ㄑ ㄑ ㄑ 駝峰縣膾攙似麟脯和龍腦正是芳蘭之氣出翠釜水精之盤行素鱗犖筋厭ㄑ久方下鸞刀縷切愁来分不識那人有何福分享得我家如此款待也旦孤紅女孩兒家不出閨門怎曾男子事那人有福沒福無我刎甚玄祖下若祖公知道豈不埋怨着我如何不說甞你放你遊蕩呵今後不可如此可隨着我

【前腔】閙遊第四橋同攀翠條看花趕蝶芳樹上紅鶯小翁恣遺遥也捲起湘簾喚醒金籠鳥相呼玳瑁猫ㄑ ㄑ ㄑ ㄑ ㄑ 逢迓鬆金鳳翅大家趕鑼蜻蜓飽（占背生）小姐不知我心中要見的

【香遍滿】彩銷紅袖不若皂錦袍共閒西園草怎是我將
花故與東君拗覷風流樣子勝似鬧元宵便心情不恁
忺偏餓眼看未飽（旦扯介）了頭你春心動了㥏不呵如此我對你說你今日呵
【前腔】目前雖另到底有佳招不似奴空老見洞口落花
也被他偷笑恨綺羅香減眼底春事消這眉封恨約畧
知少孤紅秋色澄清趁此光景去耍則个你先去開夌了西園待我后來丁占云先將金鎖微報道玉人
來下旦云恰才聞孤紅之言不覺為彼所動不免靠晚些況消自堂前薄着令客怎生人物也
有左正懷春　更尔悲愁色
試听寒虫声　獨自眠不得
○第七折　挑動琴心

小重山【生唱】半畝桐陰秋未衰炎烟籠雨過湿空堦阿誰驚起鹿群開【丑唱】忙報取邀酒使重來告相公卓家又差人在外邀飲生云你去回報他相公身子不快不來了就到書房中抱取我那绿綺琴到此將欵試彈一曲以消旅懷則个丑云青鳥不傳雲外信陽春偏入指中音下生云天呀你看這客舍消條秋容慘淡好生悶人也陰廊画維苔花老麝壁雲深薜荔寒丑携琴上拍托介喲打你排送小人不知相公彈慣告相公琴在此生云青囊我在此撫琴你去烹一壺茶來介后卓家人來可決意回報他丑云呀相公你不去飲酒計亦左矣小人聞道他家有一个小姐喚名文君容貌閑月才擅知音近日新寡未曾許配想是要認相公做个女婿故此擺下会親酒生嗤介豈有此理他是一來敬我人才二來王老爹分上故此相邀不可胡說丑云相公你若不去待我替吃了先領他一个梅香來做老婆相公又省得出錢大家用一用却不是兩得其便生嗤介胡說快烹茶來丑云你看相公外貌雖恭心裡其實愛的且暫躲在一边听他怎広說注

相如赴宴

方才這廝所言，理或有之。倘事可諧，就免王祥甫作伐，有何不可。【丑暗上云】相公不肖王老爹作伐，聞知小姐好音，若欽酒之時，將机就机，把琴去挑動他。那時節或者天作良緣，共他諧了，别處去也，到省出茶礼錢。【生云】教你烹茶到來，閑話好打，快去門外伺候。閑人不許放入。王老爹到時節來通報。【丑應下】【生云】那廝所言，多有可取。委實是挑動得他，強似央人做媒。琴呵，莫作嘲風弄月，須知戲鳳調凰。廿載相携，未就今宵尔成双。

【駐雲飛】幸傍仙堦。一曲冰絃事可諧。歡了烟花債。全仗絲桐在。【嗏】指下法音開。調成歡愛。寄意深情，願尔多才鮮。誰道襄王隔楚臺。七七七七

【西地錦】【小生唱】自愧生刀未鮮。堪怜鴻搂能衰。【丑云】吾相公王老爹到了。王兄來了。【生】多因滿目雲山隘，悶時獨上琴臺。【小生云】卓老先生

兄久矣。如何不屑一顧。（生云）其實有恙。非敢固辭。（小
豈有不去之理。他爲吾兄虛席以待。尚坐不敢嘗食。吾兄盍駕
因此小弟自來相邀。車馬人從門外久俟。吾兄從命。（小生云）
枉顧小弟交誼有光。（生云）既如此。只得從命。（小生云）
还有一言。仗劍追游。携琴訪客。高懷既博。風月不孤。
就命青囊抱此綠綺琴。过諸歡宴何如。（生云）就命青
囊与我。從后抱來。（丑應介）只
因將進酒。從此罷。（雀杀下）

【小重山】（外唱）仙客如何阻上台。空教堦日轉半侵苔。（末丑）
前驅擁篲亦虛哉。橫榻處。今夕待誰來。（卓老先生拜揖。（丑云）程先生年
揖老夫代公治具。往召相如。奈何邀之者數四。辭之
者再三。適間王父母來見。他不在。只得自往迎之。想
是故人。決不見拒。一定到來。
（末云）日將昃矣。恐不來了。

【西地錦】（生丑唱）白馬遙嘶青蓋。朱扉掩映蒼槐。多應美
主勞相待。喜看入座風來。（小生云）此間已是。左右通報。
（報外末見介）（生云）相如白面

緣承青眼。旣辱先施。又蒙寵召。幸念採薪之憂。少亰
方命之罪。〔外末云〕無能山野。久慕高風。已幸識荊。又
承光賁〔小生云〕諸公景行維賢。況古美主〔外末云〕交
冊交友投分。惟称以加賞〔外云〕容我老夫先敬一杯
如何然
后定席

〔駐雲飛〕〔衆唱〕涼滿瑤臺。舉目南山入座佳。翠蓧搖青靄
丹桂凝香界。嗏。爽氣又西來。遠峰橫黛。秋水長天都映
軒窗外。勸取金盞須傾一百杯。彩袖須翻幾十廻。叙帉介定
〔衆推介〕
〔生唱〕

〔玉交枝〕碧雲天外雁飛時。黃花已開。蒼山幾點家何在。
空憐落日荒臺。暮蟬聲咽多感懷。臨風搔首寬羅帶。〔合〕
應暫罷悲秋賦才。且尋尽看花酒債。

前腔【小生唱】垂楊渚外，喜笑聲兩岍又開，眠鷗宿鷺能無賴，蓼花汀上相捱。堪憐紅樹葉似裁，參差綴入青林內。

【合前】前腔【外唱】盈空仙籟，聽松聲輕飄露臺，鶴鳴江上音何快，相隨玉笛飛來。金風白苧紫鳳斂，清凉同住神仙界。

【合前】前腔【生衆唱】試看雲雲鍵月華生，鳳膏影裡樽前玉樹生光彩，水沉香繞蓬萊。徘徊醉踏花滿堦，露凝沉瀣空中洒。

【合前】【外唱】司馬先生請一个口令行酒。【生云】学生不敢辭，但求取飲的話兒一路順行去。【衆云】領命。々々【生云】道逢麴車口流涎。【小生云】長諒一氣吸百川。【外云】白眼郎望見青天。【末云】長安市上酒家眠。【生】好々々，又是杖頭錢出捎了。【外云】如今是父母大人行令。【生】小聽料行令介。【旦上云】玉佩傳清遠，仙香出袖微。寄言江上客，從此覓神妃。奴家聞得爹々相邀貴客，不免到堂前偷覷一回。多少是好看介。呀，你看

這俊俏可雍容可卿閑雅甚誇清標應物如春風之
濯翀英氣逼人似野鶴之出羣高才幸遇雅况难通
滿堂花月誰知掩抑之思一座風流自惜迷夏之悵
回身潛伺然覬良緣生云小生更衣就來暫下旦云
你看他下來更衣是天使之然也不免低々咳嗽一
声若是有緣天必使他知道咳嗽介生驚介撞見介
生覷介呀這是那一陣仙風吹出玉香來外云司馬
先生請坐你出神那里出了生云不是李生偶然想
一句一貴典旦驚介呀不好了箋々知道事必敗矣且
替躲宿听他下落退下听了介小生云長卿你旅况
不佳高情難羈乞據錦囊聊揮焦尾一者見江湖之
妙手二者務賞主之情歡幸諒素交勿嫌不揣生云
小弟已醉彈不得了要与卓老先生借一間書房暫
息半晌酒醒之后起來自當請教外云這个使得就
請到棲鳳菴中我們移席到碧華臺伺候容老夫送
去生云如此有勞了外云此間以是小的司馬先生
請進安歇則个生云老先生暫別半晌外衆云拱候
々々喜見清風吹玉揚醉看華月上仙臺下旦云青
囊你帶進琴來弦丑云琴在參中了生云你自进去
待我閒步一回丑云相公這墻外樹影參差峰峦秀

挨想是他家花園了怎得小姐出來生出介又來花
嘴你快進去丑云明知不是伴豈敢又相隨下生云
小生本非真醉只因酒席上窺見隔簾嬋娟一陣仙
風想是文君小姐咳嗽之声欲待眼角留情又恐惹
人窺見思款將琴挑動又怕知音人曉得了只得佯
醉借榻書房少待更深人靜那時仗一曲瑤琴吹到
他耳躲裡去若是委实有情难道不打動他我且閑
佇一回再作區處呀你看此丝之景好生声勝也這
廂好塊梧桐石又看介這廂好樹栝子松又行介這
廂琅玕琤〻可愛這廂丹桂影看姮娥好一似濯魄
冰壺也又行介這是誰人題在粉墻上詩可柰花陰
遊了不免細看他出來看吟介呀到是一篇漁父詞
旦云朦朧淡月雲來去人間沒个安排處簫庭重疊
絲笞班空留影吊連枝樹奴家因窺令客怕為參〻
所知只得潛躲在耳房边听他如今鬧得借櫥西幻
携進琴去未必死心与我光席上回頭凝神顴形想
是已知道了且行到西園墻外听那琴中譂着甚庅
來占內呀介小姐那里旦云呀不好了旦去共他睡
着才可安心出來正是淡月踈烟凝竹處有情無柰
是亂鴉啼旦下生云天呵景致虽好只是這時分我

却怎捱得个

【玉胞肚】残砧潇洒，更寒虫啾唧，暗揩想輕羅扇撲流螢，使吟風人佇西齋，愁看駭鵲驚飛繞樹，去還來立傍梧桐，守鳳棲。小姐你若是不來呵

【前腔】将人厮害，好良宵辜負，不才單枕畔。翠被寒生，小屏中碧簟，秋來蕭條，宋玉雲空月暗，楚陽臺枉對灯檠手托腮。小姐你若是到來呵

【前腔】直恁病客女娘行，風情滿懷，玉珮声暗引鸞飛[illegible]，香風颭出，春來芭蕉樹低，朧朧走出鳳頭鞋，掩映神仙下楚臺。老天你不要做歹了

【前腔】放此寬債把月輪雲中暫埋。三通鼓禁手忘敲。五更鷄明口休開。池邊宿鳥悠々直愛曉光來。月落鳥啼慢々捱［丑内云］相公夜深了睡一睡罷［生云］且進去打發他再出來伺候未為遲也

美人來不來　今夕為何夕

○第八折　私通侍者

【霜天曉角】［旦上唱］珊瑚鈎蕩。悮觸氷絃响。驀地偷開錦帳琴心遶遍檀郎　銀黄耿々霜稜々可怜綫斷風簷箏斋中有人垂未起羅裙窣地潜踪行奴家因見令客丰仪春心飄蕩聞知醉眠凄凉斋抱琴而睡風流谷格沬可人情欲到那廝潜听一回又被孤紅纏住不容轉身恰才得他睡來到此間如何悄然人声莫是那生睡着了也待我仔細听他則个

【下山虎】［生上唱］露凝玉樹月轉迴廊。猛見花陰去心中

相如私通侍者

自忙小姐或者你正來時我又嚇着還愁你雲度空陰。又恐那天回曉光展眼驚心不可當[旦云]呀可怪蒼苔路滑湮透弓鞋腰肢瘦損不禁延佇我且倚着花梢再听則个[生云]且住你看宿鳥驚鳴庭枝低亞莫是多情在那廂了

樂意相親傍花生暗香咫尺天台隔短墻如今待取琴來對西園下試弾一曲如何墻高不掩相思路紗帳灯昏曲意來[下][旦云]呀你听那壁廂人声想就是那人了不免趻起鞋尖聳听則个[生上]搆琴上一樹花中連理變々絃緒内五陵人琴呵你素年相隨着我不曾得你之力今夜一更天全仗你成就好事不免横膝而弾整絃呀為何第五絃鬆了再整一整才好[又整介][旦云]好了々了已有整琴之声細听他弾着甚玄來

[前腔]低頭獨立不語情傷謾捲香羅袖。閑拈翠瑠璫先生未

听你指上高山难示我心中遠江兩下風流正未降天呵

只怕孤紅㛹醒來尋着了怕我春心蕩漾歸洞房那時節畨與梅花做

主張[生]云古怪為何弟三絃又斷了再整則个[占]上云娟ㄑ明月鑒空幃花下尋人步欵移行到画堂幽

絕處冷香吹入綫金衣我家小姐向人前一味冰霜

及至沒人去處便生下許多風月早間道我偷看堂

中冷客十分埋冤如何口是心非藏奸賣巧背了我

竊窺冷客這个也罷了如今蝶憶花紅鶯尋柳綠金

閨空掩錦帳寂然想是潛出西園去了我且悄地藏

身追尋踪迹看他怎生模樣呀你听那壁廂弄琴在

棲鳳ㄑ中你看這壁廂潛身在太湖石畔多應弄出

好事來也細听則个小姐你被孤紅偷着眼可憐野

雉設藏頭介[生]云琴已整完試向西

園彈一曲鳳求凰以自寓之看如何

蠻牌令

彈介鳳兮倦家鄉往[旦]云鳳兮ㄑㄑ歸故鄉他自此了[生]欲尋伴

遠求凰[旦]云敖遊四海求其凰是乏配的了[生]唱凰無所相求將匹得遂偶共

翱翔[旦]云他說难得知音人[生]彈喜絲蘿偷縈箋上[旦]云說我家請他來[生]彈遇

婵娟流麗中堂〔旦云〕他說這角門有艷〔又〕子在此堂是說着我了〔生〕室空迩人避
異方断腸時遠听鳴璫〔旦云〕空迩人邇人我难得相近〔生云〕水中物可也有郡接
双頭交文吭成字尾配鴛鴦〔旦云〕死央四鳥也有夫婦之意他言及生此不竟我
也有相從之志〔生云〕天阿誰与我如膠似漆相傍着水雲鄉〔旦云〕若做得夫
妻一定是了〔生〕唱怎能勾同心打當与他行中夜相亾〔旦〕唱中夜相從
更有誰我也清顛隨你只是閳門緊急孤紅死賴如何是好〔生〕一時事空惻我腸欲温
存斗帳凄凉一再行㚒下身心渾不得喃喃不自念書〔旦〕作長吝〔介〕辭翻清意二回指交曲叮嚀
生生云呀事有古怪你听墻外低吟其声清婉竟是
小姐果在別廂待我手拨㾐㨉跳过窗兒看一看正
是尽情傳緣綺拚死為紅顔跳介〔丑云〕相公背拨弹
琴必有所為恐他弄出事來不免潜去看他則个呀
相公不要性急或者是別人怎生是好〔生跳介〕不要
啓我〔丑云〕既是這等待小人过去打探一回才好做

事生云這小廝到有見識也罷你便与我过去事成之后重〻賞你丑云不打紧只要相公搀我一搀生也罷我就搀你上墙須要仔細生扶丑作跌介末上開門〻〻王老爹醉了迯下碧華堂羞我来請司馬相公同回生云呀不好了怎生區處丑云相公不妨得你自出去小人有理会在此生云也罷〻〻你若相見小姐之時多將美言打動他不可露出自家窮困的話兒丑云這个我晓得不劳分付末又敲門介生云来了

〻〻开呵

【尾声】將成好事來魔障天上人間祇隔墻冤家你便略慢些兒做甚慌生同末下旦云那廂琴声已罷无路相從秀才已歇如之奈何占偷上云你看那小姐可憐他見時他可〻的来閑処瞧思量不免叫破他与〻寬慰一番旦云不免挨進房中再尋計策正是好事若成有好事相思死路若相思行介占云小姐不劳掛心奴家有計在此旦驚背介呀不好了呵丑跳介梅香姐姐妙計在此旦占背介呀又不好了占小姐想是那生了你且在在這里待我去探問他出

你里夜入人家做甚麼訓末上云你到怎麼不說一
个孩事旦叫介我道甚麼人到是一个油嘴罔眼不
好了有賊在此旦扯占介攙夯姐不要忙我不是賊
我是都亭貴亥司馬相公的法首青〻我家闹公叫
我跳过墻來与你小姐討个有〻你若与我周全亨
我家相公自有前頭花施地錦相謝下又堂我家上
在鎮繡叢中綺羅陣裡誰希罕你相謝你家相公那
里去了到教你來說甚麼真心假心丑云周公恩王
老爹醉了喚他同回只得勉強出去差我过來梅香
姐若小姐肯結姻盟潛媒脫討月下藍橋不遠就中
富貴難量占云又不打你誰要你招這許名閑話丑
打不打是个和姦占一卒介快走出去明夜這時分我
自与小姐偷從都亭一帶來趕要你不要又來胡纏
丑云一定在那边同候占云且住你相公是那里人
丑云是成都人占云还未回家麼丑云只等小姐一
過台日就回內丑云青童來了罷丑云呀不好了只
得過去謹跳介跳去廣寒宮來報風流主旦占小姐
尔往常時動作瞞我如今說不得了也罷你不要藏
着今夜且去牆了左右孤紅与你成
此好事旦背云我有甚麼瞞你不得

桃李争放有何他事情慌賴尹今夜包藏【占云】小姐你不要嘴硬待我從頭說來你起初時

亭前柳帶咲滅銀釭那步出蘭房我悄悄裡隨着見你喜尋新學士偷避小梅香【旦云】我自家遊玩尋甚麼李士是誰人听琴口裡說着許多話【占】一声琴韻切細端詳許多話見我也不說了誰要与去鳳翔翔【旦背云】大呵秋老怨多如昨日夜長人去見今宵

【前腔】羞臉好难藏遠況倩誰降【轉拜占介】孤紅姐沒奈何可憐我蕭條頓惜玉冷淡獨怜香【占咲云】小姐當初是你嘗我如今是我嘗你了也罷我且進去隔墙人去遠事休怋終是我与你成双

【旦】只為七絃琴

【占】美出相思調

〔合〕落得梦魂中　〔占〕循怕了鬟吁

○第九折　臨流守約

〔破陣子〕生上唱着意裁花未盛。閑心待月难明。湿烟着露全迷景。薄雨含雲半阻情。佳期望未成。云自无心水自閒今朝何
事忽相関祇應云水溪边意同在孤亭客梦閒自從
在卓家弄琴之后精神恍惚如醉如痴昨夜青囊說
此事十分可成但不知文君心下如何侍者區計如
何道途通塞家中紧急如何好生牵掛人也不免喚
青囊出來再与他商議則个青囊你在那里〔丑〕上云
好事多磨障还資心計人那边有紅線此處有崑崙
相公喚我想他必為卓家那小姐之故今去見他看
他怎么說相公喚我表做甚么〔生〕云青囊我問你夜
之事委实可是真的么〔丑〕云這个小人怎敢在相公
面前胡說只愁他出門時女人家道路生踈恐怕被
人識破了待到晚些小人潜躲在卓家近處等他出
来時節即便遠遠招呼才保得无事〔生〕云說得有理

相如臨流守約

你進去与我収拾行裝待他一到之时卽同俺走成都郊不是好处不可使左右人識破那時王老爹就知道了【丑云】理会得。【生云】且住你听我說

【傾杯序】偷把重門仔細扃。但取琴書整毋不要管鶯房中事也莫顧水凍花瓶。火冷香炉。紙破圍屏。剛求一个姮娥月穩度。三更織女星。你須遵奇。把机関自省。休直与外人猜破暗中情。【丑云】一定不敢小人就去收拾付得意博心回便是主欢僕喜【下】【末上云】心好禍亦好家貧人不貧将來新典史見任旧農民自家臨卬縣史因正堂老爹差我送請帖請那都亭安歇約鄉里此間就是不免徑入則个【見介】小人是本縣王老爹差送請帖吏老爹因縣中有事失來相陪晚間治酒在明遠楼奉叙昨晚卓程二位老爹俱已相邀來陪不久就到了望相公早臨【生云】其实夜來中酒身子有些不快与我多拜上你老爹不劳了明早自來面謝【末】應【介】但願不來吃酒免得馿前馬后【下】【生云】王祥

甫你好生不知趣的人若再來逼我呵

【前腔】偌大冤家自此生。送我懨煎病。那人来时断送了倘不遇我綽約腰肢。羨滿婣緣妥帖恩情。三更酒醉愁难醒滿枕春寒恨怎生。天呵使王兄不来召我直僥倖。与婵娟相趂這一座臨邛縣恍如那青天移下五云城。青囊完備未曾丑云先將行李安排了漫把帰途取次行

吉相公琴書俱已收拾了生云王老爹在此邀歙如何是好丑云這个何妨小人再去回指一声便了只是這时分天色已晚明月將上小人該去伺侯他偵了相公只在臨流去處守着他生云曉得了你須索在意丑云這个不消分付全憑三寸舌牽惹一枝花下生云待我鎖了書台閒步一回如何

【玉簪記】云深客饌亭露下蟲依井小姐這時呵想青鸞共侶早已飛騰只怕金鈴小犬偏疑影。玉樹嬌鸚獨喚名。魂难

定。向誰行厮倩那些仔輕扳羅襟遊階行。小姐你好天上月莫負水边人（丑上云）人靜更深花落處好天良夜鳳來時却才遵相公之命往辭王老爹之酒幸他不來邀了如何未到此間小姐尚未消息天呵你也可怜見我相公

前腔遇郵亭似水。客路飄如梗。使观音出世普救那残生呀你看這後園之景一溝水月流难定斃樹烟花暗不明我且再等一等

潜心等望。朱門寂靜。眼見得依依螢火砌邊生諳畢這里不見还到前門去正是驚心怕殺成何事受悩耽煩着甚由（旦上云）啣心脉脉嬾更知望眼迢迢怯路長有約不來好生悶人也

前腔相思債已成。鬧阻人难病料得此時小姐也該出門了豈重門深鎖。霧阻雲凝是出門時莫不是被人知道了池風吹散金蓮影。花雨

傷殘彩鳳翎。陽臺境與孤城寂靜。小姐你若肯恙、不愁路阻也自有
麻姑仙路接蓬瀛如今不免再接上去望盡白雲渾落寞却嫌明月更模糊下〔丑上云〕望得
眼睛穿急得肝腸斷自家到前門去、不見小姐还到后門去只怕相公呵、
〔前腔〕磨穿脚底疼。咬得牙根岑。罵我道這奴根掇賺哄得
伶仃。梅香姐你須念三分好事三分命。一半姻緣一半情〔內作笛声〕
〔介〕呀誰高興。向梧桐樹底悠悠吹笛到天明〔內作人声介〕呀不好了想
是有人從花园中出來待我潛躲一痡天呵今夜一場好事争柰

北里笙吹秋后月
西園人語夜來風

## ○第十折　夜亡成都

文君仝侍女夜奔成都

【鵲橋仙】旦上唱 漫捲珠簾。暗離香閣。羅袂寒生落葉。欲隨行过雨巫山，又恐怕巫山雲疊。睡鴨炉中香篆冷、翔鸞屏上画江寒蓬山万里春應別只恐乘風拂袖难、奴家昨夜听琴之事、一時為孤紅所知、不覔惶愧死、已華他拎念許我今夜問全、同到都亭去處相從那人、如何漏下二鼓他上不題起、敢是遵我平日規矩、不敢輕犯自家覗覷又不肎央他怎生區處、不免乘此月下將一炷心香祷告上蒼、一求孤紅休另、二求爹々脫空、三求早為那人即偕歡慶天与月呵好听着奴家道来、

【孝順歌】姮娥伴。應念妾從來美事天作合。今夜呵願奇計脫金蟬。幽情付黃蝶。佳期暗接。休拗做西廂待月。事得成時何妨多拜幾拜不惜泥染羅裙。細寫心重疊。呀簪兒墜雲鬢亂這也顧不得了、但令鵲橋神暗歡悅天呵這等時候怎的孤紅出來、鈌馬驚心風力救花

陰轉砌玉音垂〔占上云〕百尺蝦鬚懶上鈎沒戲不語
自含羞情多意濫灯花暗歎別淶閒一段愁悶家小
姐一心要見那人夫則去了待我哄他一哄小姐不
好了事已敗矣〔旦慌介〕怎麼說〔占云〕方才為小姐之
故奴家捲下包兒正出凝香閣被飛霞偷採茉莉一
面撞見了被他奪去竟到老相公跟前要問我牽誘
小姐為非若老相公果然盤究
之時不惟不能脫身只恐怕

前腔蛛絲網苦罥蝶魚封旦被他狸刦鴛鸞未褷翎吊
豹已張鬚思量起來我便把萎花碎跌一問蒼天為何成拙若到
出乖露醜之時只恐錦片前程番成淚流血小姐都怎生區處〔旦云〕孤紅娘教我
計无所出只得縊死松陰便了〔占云〕小姐且住我救得你怎麼相酬〔旦云〕孤紅娘沒奈何你若有本事出
得門遇得那人我就把你〔占云〕你把我做甚麼〔旦〕拜介我把你
做夫人大〔占云〕你做甚麼〔旦云〕我便為侍妾願求早行程見寃業〔占背〕

(笑云)女孩兒家。親也未做。又會分大小也。罷〻〻。我做大時你須尽要為小之礼。

(鎖南枝)湘裙幅仔細摺。巫山髻綰花簪插。立綻鳳頭鞋。收拾杏花頰鴛鴦被。与我疊。莫思被中人兩和合。(旦云)這等是丫頭大小。又嫁丈夫何用。也罷我且哄他出門。會合之時變卦也不遲。姐〻一定從你。(占云)小姐你既從我。〻先從你。如今偕〻裡行將去。我自有計在此。(旦行介)

(前腔)雕欄畔。兩口囁喀嗽吞声將指〻並拽。短衫行時分手來搭。(占云)這頭門响是位華館前我也水來澆一澆。重門响。將水灑。過門時雨肩狹。(占云)小姐且住我有包兒放在牡丹臺且待我取來同行。(旦云)呀都乇來你起初時都是哄我的話。巴只是如今秋先徹從身上生寒。如何是好。怎做區處。(占云)包兒內自有衣服。待出門時与你

棄內作人声介(旦驚)

(介)姐〻救我不得了

憶多嬌 重辛苦也我休許說只是四下人声奴心怯（占云）只是嚴圍
人巡更不要打從那里去覔自矮墻中跨出就罷待我之了有慢ㄈ扳着花枝将身拽呀
一声樹拉ㄈㄈㄈㄈ不覔心驚貼懾（占云）小姐后園已出不可如此報未
我偷得一套冠服是老相公藥居之衣你就穿了有人愚着只說老相公夜遊便了（旦云）這也說得有理
（換衣介）姐ㄈ只是羅袍寬想紗帽敧斜有些不稱如何是好（占云）小姐ㄈㄈ你明ㄈ不是男子将就些兒便罷怎得相稱
前腔 遮袍錦褪紗帽壓香羅襴束腰一捻粉底靴兒根頭
（旦云）姐ㄈ你穿此甚麼（占云）我也有青衣小帽在遏此（穿介）小姐你看我可像不像（旦云）你至像呵遠
山一厄ㄈㄈㄈㄈ顯出細未貼（占云）我聞得都亭去此三里余正在南關外我尋道路
生踈不免覔自向南而行老相公東君覔也未曾有花飛去早已難尋（下）

【前腔】（丑唱）心内怯。氣未接。奔走東西空望切。愁听寒蛩、

中宵泣。（自家等候小姐多時，如何杳无音信，也没个人兒寄声去。）脚踪空躡。々々々々。

孰肯偷傳一劄。（走到后面去，小姐你不可永夜閑背，臥桂影都忘新約在心頭。）（下）

【前腔】（生唱）人影寂。更漏徹。懊惱風前心更裂。月色梅花

兩愁絶。情事难說。々々々。只恐番成惡孽。（小生伺候文君杳無

音信，心旌难泊，意馬空馳，又恐人知，竟遂人間阻。不

免揑將出去，体探何如。颯颯汎蕙香空媚，々月侍花意

自沉々。（生下）（旦占上云）行々重行々，好事成不成。（丑

呀，你看那遠々來的，微省踪迹，姊私語口，䛗香莫不

是小姐与那丫鬟做的喬粧扮。待我躲在一廂看他

過去。（躲介）（占云）今夜一輪月，情人眼不明。（丑應諢介）

明不明，終須明；成不成，終須成。梅香姐，你教我等得

苦。（占笑介）我是随公子夜遊的，你是何人，味我梅香

好風顛到。（丑云）你若不是梅香，与我腰裡嘗々。（下占笑

走介）（丑扯介）不好了，大个豶羊。（占云）怎宏是个豶羊

（丑云）一身臊氣（占啐走介）（丑云）待我跟着你，我家相
公就在前面。（占云）誰要你隨。你自前走。（生上云）微行
行約畧喬妝束。何事花香暗遍人。呀，你看遠來路上
之人，如何有女子態度前面行的。又像是青囊，莫不
是小姐。做這般妝束，我且潛躲一處，看一看仔細，便
可下手。正是情慌禁不住，行近恐难真（旦云）孤紅我
走不動了。（占云）小姐，來路已多。料應相去不遠，趲行
梵步。恐咱后边有人追來。（生渾介）有小生在此，那个
敢追。（占旦驚介）（占云）那人好俊俏，莫不就是相如事
已急矣，只得叫前面這廝轉來，与他打答，以辨虛实。
青囊轉來，公子有肏（丑應轉打介）（生出）青囊是我丑
呀，元來是相公，此間肏就是小姐。（生云）那个青衣小帽
的是誰。（丑云）這个是相公的性肏娘子的冤家，他把
小人捉空，小人叫他乖乖。（生云）胡說。（占打丑介）窮酸
家主尚不中我意，誰希罕你來。（生跪介）今夜之事感
小姐一言难尽，謝孤紅姐四拜非多。但不識今生何
棄遇此良緣，只是小姐花月姿容，尚未禁風霜辛苦
只怕邏卒在城，趂夜在外，此非久居地也。若你家老
相公着人追着，一發不能脫身。不如乘此月明走出
縣界，直到成都，才保得無事。不知小姐意下如何望

孤紅娘，攛掇一声〔占云〕我与小姐行不動了，要你駝去〔生云〕教我一个，怎駝兩人〔占云〕你駝也无力，怎生一張口，到要吃兩个〔丑云〕相公吃剩了，䞉是我的〔占〕咄，油嘴〔丑云〕我嘴不油，怎生吃得你，正是和尚偷婦人，樂駝ヒヒ〔占打丑諢介〕小姐事已至此，只得无柰，䞉請行罷〔生云〕待我先行

〔鬪黑林〕止賴得一声瑤琴譜牒。便上了数行月書婚帖。小姐誰似我奮雄鬚鬣，欵渡無梁，將身作楫〔合唱〕從今意愜ヒヒヒヒ，路途甚遠涉，只怕人知追趕去轍。

〔前腔〕〔旦唱〕為隔葉黃鸝偷迁出峽，把带雨梨花羞飛下榻〔占云〕先生若不是我孤紅，謊肯把奸一字為君罨送，与仙娥月中相洽〔合前〕〔丙云〕追上去〔生旦占驚介〕〔生云〕不好了，棄了行李，快走ヒヒ，我扶了小姐，青囊扶了孤紅姐〔占云〕不要緊，是倉忙之際，既未成婚配，不可失了礼，我扶了小姐，你兩人自行〔生丑奪扶介〕

尾声 追來逸騎何蹀躞。這箇冤家难對荅。偷情的下塲頭地行須捷。

○第十一折 趕番車轍

末云 重門不鎖金蟬計，千里空尋白雁書。自家卓府中院子便是。只因小姐文君，更深人靜之時，帶了孤紅，不知走了那去。衆丫鬟覺來，不見，報与老相公知道，差我們分路追尋。如追不着，各要加刑。我思量起來，追到這里，不見那里去尋他。便打也沒奈何了。兀人在此，我自說分明，是前日弄琴，那天殺的哄了他去，呀，且住，為何有這包兒在此。想是方才見追趕得緊了，是小姐遺下的。我且將此回去，報覆老相公，免得一頓刑罰。正是光人須刺一物，火少一塊烟。下

○第十二折 蕭條抵舍

少年遊 衆唱 烟花命運風流孽債。今日事初諧，匹馬青

相如文君蕭條抵舍

山孤帆綠水，相送到天台。[生云]万里秋風万里身，[旦云]含羞抬对意中人。[占云]歸來款識行藏處，[丑云]滿地蓬蒿滿座塵。告相公，家中已到了，小人先去開門。[生云]正是，你先去，我們慢慢裡來。[丑開打掃介]天呵，我家這寺凄凉，小姐不打緊，那个誇嘴了頭，怎生住得？打掃已完，且去燒茶則个。只怕有日呵，官人剥牀，小人燒眉，城門失火，殃及池魚。[下][生云]小姐，此間已是相如敝庐了，請進去。[占作悔狀，欲揖不肯進，旦扯，占云，且進去，甫作遲遲見介][生揖旦介]小姐，辱你見愛，棄家相隨，幸捨目前貧困，滞留日后榮華。[旦云]說那里話。[生云]青囊小姐行心苦了。快拿茶來。[丑應介][拿茶上][生接茶遞与旦科]

[急板令][小姐唱]念狂鯫困窮不才，勿生嗟，埋究此來看時回運泰日，終有馬跨天衢，鳳起逢來，飛騰青漢，穩步金堦。[合唱]權消受破壁青苔，殘葉戶小茅夂夂。[旦云]辰卿，妾身既已屬君，何論貧苦。[前腔]愧此身無龍文鉞，今屬你多能秀才，這也是

時該爲該求願交歡困厄相捱豈肯相棄孤負多才〔合前〕
〔丑云〕青囊過
刺鐵对你說
前腔你好把虛頭盡埋隔壁話如今撇棄
推丑介
自去天呵
你追思可哀若知今日呵你就賭書黃金着我难猜罷
只得好正
久守他是
舡到江心事到頭來〔合前〕〔丑云〕瓶紅姐不要
偷了你小姐的也是
前腔掌中珠今日破胎我相公呵
也自有
席上珎青年久懷倘
賣与皇家你就有
紅錦為纏白玉為戲我也方
似今日
行酒青衣
給水芒鞋〔合前〕〔旦云〕長卿我且散步一回看你家行運
何如〔生云〕是如此請行〔旦云〕呵東南角上你
費画棟峻宇雕墻的甚么人家〔生云〕小生不好說得
這是祖如今甚因暴嚴志在功名思欲以貲求郎只得
得把來賣与從堂叔了〔旦云〕這傍宅田園好生禾
叅想是君家的〔生云〕也是前日上京時賣与張富才
為業生云既如此你名利兩失將何
倚賴度日〔生云〕小生其实好羞慚也

入月員將魁魁。業蕩家声壞侯門短䀚悲。時迈堂前燕去春風改〔旦云〕自今消乏与那家借貸莫々済急也好〔生作怒介〕我肯把心胸豪氣賺〔合唱〕須寬待門閭再耀富貴重來〔旦云〕長卿我也甘心淡薄只願你名成身显。不孤我內相之意就好了

〔前腔〕有志客。高取文章價龍車鳳彩人争愛黃金白璧須還在〔占云〕姐々倘或相公名利不成將只恐塵土雲霄成感慨〔旦云〕豈不聞下机金印。伏跨登坛之人。〔合前〕〔生云〕青囊小姐。一路風霜你去安排々酒饌來与他拂塵則个〔旦〕應

去時孤另返時双　随分安眠對小窓
今夜相逢真是夢　對君和咲剔銀缸

出像音註司馬相如琴心記卷之一

出像琴心記

廿

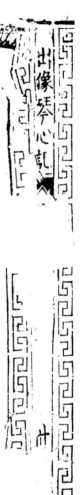

漢宮春曉
富春堂

新刻出像音註[illegible]相如琴心記卷之二

○第十三折　漢宮春曉

【菊花新】（占扮宮人上唱）未央前殿月輪低。簾外春寒報曉雞。起着綉羅衣。一盞綵荷灯細。正殿雲開露冕旒下方珠翠厯旞頭天鷄唱罷南山曉春色先帰十二楼奴輩乃是漢宮美人也呈上聖神文武非婦人之所敢知帝后叔義恭良豈妾等可能称頌只是自家選入宮來當初侍從兾切東驂頼一人之恩休讀漢宮之宠幸玉食下衣不愧沉魚落雁珠墻翠珮兄懟閑月羞花宝鏡簪香喜見曉星之歴歴銅漕棄粉閑看春水之溶溶開遍海棠先報長公主夜來消息蜡殘芳草只愁病王孫月后思量綉罷碧君紗窓下偷添一線紅絲戒來白玉橋边打起數声黃鳥听桐壺初下借新月鈎簾鳳額綉旌風年約燈烛龍未舒染白雲為幌敔鏺朱戶露將軃䩮青霓蔽白雪青瑣闥中供奉讕尊子夜之奇音持象板捧鸞笙碧桃花下朝天樂奏咸也之大雅身穿石竹罗衣闘

翡葉織閑卓頭戴山花宝閑綸阿锡裁鈎双〻一立
鶯鶯蝶蝶隊掌春小官可是爭妍負寵雨〻相偎翡
翠樓絲光班弄珠神女誰能妬寵取怜春滿梨花夜月
長門空掩晴抛擲怨東風翠幃重遮誰言天上逍遥
且看斗牛七夕試問人間扶樂須知蜂蝶三春盡一井
銀牀東不收深宮花暗曉鶯愁殘紅滿地無人掃一
半隨風落御溝閑話休說凡喜新冊聖后乃是太長
公生之女阿嬌是也帝未即位一見心喜許以金屋
相貯今冊為后寵幸莫先昨日已幸后宮至今未出
不免開一開門隨班新見呀遺老未了后長宮人早
到上云閑行複閑路新氏新入深宮處〻迷不怪
為人嚴鎖鑰園來常得到高氏西相見介占云長宮貴
人我和約春眠尔醒饒妝初罷同同入仙理生朝
君聖何如丑云如此領命請先行丑爭拶官監上

前腔九重殿闕五雲飛柳外春星逐箭移為問禁鶯帝
傳報六宮來未。開門介呼貴人未了聖上有旨令六宮 恭日時都入坤順門伺侯旦占云稟君
似借花枝嫩故意〻〻藏別殿頭旦上下丑爭云我和
你閑立在〻〻索打一回毬何如丑云到好衆打介

净云打便，打莽那官人出來我与你戲他一戲呀。說猶未了，他們已來。

【憶鶯兒】旦占 香染衣露濕，裾謁罷君王歸院遲，宣政門前日午移。春光正宜。春心頻娛。翠翹金鳳新妝洗。恣遊嬉。鳴鴻乳燕。先在碧窗西。

【前腔】丑净唱 花又飛。鳥又啼。花落鳥啼思欲迷。素女天人真可奇。簫鳴鳳隨簾開燕歸。春風滿路誰為主。旦占 扯介 惜芳菲。穿花度柳。迤過畫橋西。貴人々々你長驛知有恨貪耍不成妝心中无限事試說与何妨 旦占云 啐水心本付梧桐月肯与殘風擺亂枝 下 丑净云 一場春興无聊賴打起夗央不放眠 下 丑占上唱

【前腔】草滿溪水滿陂。惱得楊花壓路飛。無限傷春々自

知鶯花滿堤烟霞滿衣青春何處無樂地〔合唱〕咲声微
笙歌別院疑隔翠楼西。我和你在宮死事不免到第六院中相尋五姨七姨同伊到个
五姨七姨在宮內應介來了丑淨扮五七姨上廝結
芙蓉帯愁鬆翡翠裙攤去香閨坐常悶又斜揰見介
丑淨云貴人你看春景晴和落花風細正欲差詩兒
快烹月團來旦云茶到不勞我和你隨喜耍一耍行
介旦云五姨這朶花兒到開得好丑云這是紅蹴踘
謝恩未了奏花開占云這个紅耳霜毛的是甚麼學
這是生兒聖上前日打獵取將回來的占云是好白
兎天子不交人射放在禦進到馬蹄前丑云長宮貴
人你常立案傍身為起居今早用下許多綉旦云只
因聖上常在后宮毎日請來金鳳紙殿前死事不多
書淨云二嬢這頭門怎麼常閉了占云這是魚藻宮
淨云是魚藻宮乜乜鎖翠微香于行處不曾过旦云
今日宮中行樂不知負此佳景就把灌宮春曉為題
聯詩一首不成者罰金釵一股衆云到好乜乜就是
昭容先請回云不虛擲了日照仙人掌上霞丑云好
乜頗切今上政事占云朝回金屋駐香車淨丑云又

切娘〻故事如今是我們說了日暮漢宮傳蠟燭怕照區〻女夜叉(旦占云)不好〻〻頭又失粘題又走滚意又粗俗各罰金鈥一服(丑净云)我二人情願輸鈥一瓶勞二位聯了罷(旦云)銀瓶先汲溫湯水(占云)歆噴宮前絳樹花(丑净云)好佳作〻〻〻丑請一遊

【石榴花】(旦唱)山花宝髻。石竹綉罗衣。春脉〻。步遲〻。花前忽听金丸墜。向湖山佳處留嬉。爱嬌鶯乱啼。帶春声飛過昭陽裡。(合唱)嘆回身竹外仙亭。艷凝眸扇底嬌姿。

【前腔】(占唱)金炉香氣常遶画屏飛。揮玉管奏新詞。君王何處爱題詩。羊車誰啓朱扉。羡金塘景遲。醉春風多少閑罗綺。(合唱)玉楼畔。歌扇頻搖。雕欄外舞袖低垂。

【泣顏回】(丑唱)輕轉綠楊堤。爱遊蜂惹断晴絲。歌声半落

想君王輦過瑤池。莫匆匆挽掃，恐春愁一夜千門裡。【合唱】

揮玉碗待月亭東，擲金丸打鴨池西。

【前腔】【净唱】眼底忽生悲，柰落紅滿徑，胭脂瓊窗春等閑間又負佳期。謾傷情片時，恐輕罗亂湿桃花雨。【合唱】

休恋着紫陌遊深。只恐怕王殿宣遲。內云娘娘有旨，上在昆明池賜宴

看六宮美人同傾君恩【尾声】轉向花陰行路迷，忙到瑤池日又西。

定有承恩獨賜衣。

人間天上得春風　獨有深宮春最濃

十二時中花与月　管絃催處不曾空

○第十四折

相如鮮衣沽酒

賀聖朝（旦唱）愁看芳草迷魂，斷腸雨葉羞顰，能消幾箇

悶黃昏，頓覓裉罗裙。愁重不禁秋色老，休輕空彼主人憐奴家。記得孔聖人有云：三思而行，再斯可矣。當初隨着小姐与他相如同來，只指望有個出迹的日子。誰想到今未及一月，那窮廝思口食，不問把小姐的衣飾都賣盡了，他兀自維耳蝙中还把書來空對，如何救得飢餒。早間遣肯囊出村借米，至今未歸，破瓶生塵，空囊羞澀。我且乘小姐睡卧未起，到門外拾些枯葉，挑些菜蕻，煮碗湯与他充飢，却不足好。天呵，這四壁凄凉，孤琴冷淡，好不羞死了文章魁首，仕女班頭。拾柴介

花心動　落葉荒村，攬西風去來飄滾。葉呵，今日恨根何日逢春，相沾雨露深恩。只怕花開缺樹渾無准，空令我後損愁魂，做一場南柯虛夢，將心勾引。柴已有了，堆下在此，不免再去把些菜兒

好姐姐（挑菜唱）土泥輕沾指痕，傷心處，盈盈嬌嫩。柔呵，我乾

似你偏諳苦味同生一處根如今將你吃呵只為飢難忍無方設計堪輸薑且此聊生辛畝芹。此時小姐想已餓起了我且進去莫湯則个。正是晴挑野菜和根煮旋作生柴帶葉燒[下]

前腔[旦唱]驀然思量斷魂都忘了。他時鉛粉雖遭苦運只為薄命人今何恨暫握辛苦圖生命羞李山陰棄買臣故園青山外新愁落木前深情不敢道流淚濕闌干奴家一時背了爹七隨着長卿至此豈料居徒四壁良臧三飧終日相拼莫能存活思量起來是我自家做事左右自家當了教孤紅昌着甚玄也受這苦若楚也罷七七長卿雖則貧困決不久居人下我且隱忍過去再作區處幸得自幼曾習針指且去綉完了那一幅裙襴將來易些柴米聊且度日却不是好[綉介]

前腔可憐鴛鴦浪紋愁緒乱暗縈方寸。花空開連理誰

知没下根魂难債總添綵線重乱認得金針眼又昏

呀我好飢了。不免叫孤紅拿早膳來吃。孤紅那里。〔占云〕錦帳添香穠銀美信手調如今冷寂寞青菜淡紅綃小姐叫我必為早膳待我將此湯去聊与充飢小姐一碗菜湯在此請些〔旦云〕呀好苦湯如何早膳也無這碗清湯叫我怎吃得下〔占云〕小姐不精你說早間相公看青囊去借米至今未回奴家怕你受飢到門外挑得這些若菜烹來与你充飢勉強蒸充口以當一種点心〔旦云〕便吃他也不能飽〔占云〕餅不是龍肝鳳髓王夜金塗迫強似死聞死見受藏捺飢使一日苦尽斗來這个中滋味也該饒得些請用一盞亦是權時救急之計〔旦云〕我綉得裙襴一幅在此你拿去易些紫米來〔占云〕綉到綉得好。小姐何不自用了〔旦云〕你还說寫貴的話兒。如今不比旧時了〔占云〕既如此當初何不三思而行自取困若〔旦云〕孤紅一時到此如今埋冤也无用了。〔占云〕小姐你看那旁酸鬼他也來了要早膳吃了

【寶鴨兒】〔生唱〕可怪進退双难羝羊触藩偏困相如不自度德量力

秘撥文君夜以成都可怜貧無為恭対面成羞他泉
无怨尤之心。以我大丈夫處此寧不愧死无地自作
至今尚无粒食早上遣青囊到于小二家借米想已
回了。聞得小姐梳妝已完當窓刺繡不免与他同吃
早膳却不是好。呀小姐你吃得是早膳么〔旦云〕不是
乃隔壁王媽〻送來的鮮湯你也吃些〔生吃介〕呀怎
么是凝着菜湯〔小姐
相如罪當万死〔哭介〕

〔雁來紅〕你虀湯可惱。情比糟糠更若吞〔旦云〕糟糠之妻我也甘做只是你讀太羨难把塩梅進空受酸辛運〔占云〕相公這滋味你道如何小姐呵不是晨炊蓼食人你空懸甑蕭條起塵呵若把分羨為合

〔生云〕孤紅姐。不須嘲咲事已至此教我如何呀青囊罄回了。你去取米做飯〔丑云〕上山擒虎易開口告人难
淚眼抛來湿喉嚨叫得乾有皮剝剩骨無肉只留肝
不敢高声哭家人望得酸〔生哭介〕我等你借米回來
到在此胡說甚么〔丑云〕米到不曾借得有幾个饅頭
在此到好充飢〔生云〕饅頭在那裡〔丑云〕沒有饅頭怎

氣得飽生云閑話休說我教你去借米。又沒有丑云
小人到于小二家去借米。他老婆道我家官人出去
了。自用也下勾那里有得借人你那窮見骨頭的借
去了。那里与你討。一定沒有小人听得他說不覔怒
起被我罵道你這不識好歹的婦人當初我家有時
你也來我借東借西如今我家有事与你借你就轉
眼无情可惡可惡。那婦人又在裡边道辛。如今世界
都是這等。有情在那裡你如今快快同去与你家主
說有時莫要借与人無時莫想人借与你這便就是
恭身的法則。那个人得我家丈夫半筋馬尾借了銀
子做了銀會只是不肯還。因此小人有感含泪而歸
自家胡謅得兇句。不不意相公听見了生云有這等事
教我有何面目見他不如投井而死罷生跳介丑云相
公不要如此旦与扯救介旦云長卿你是大丈夫一
至此哉當時第居臨邛或從昆弟借貸些些猶足為生
何乃自若如此生云相如雖只貧困怎肯依棲于人
旦云相公你是讀書人豈
不識古人也有遇難之時
前腔 得不記珮金章。刺股。人彈空鋏。下席賓。得不記王孫羞

受漂姬進，不記得江上挨金困。這幾个萬里風雲蘊在心。占云

你还要顧名思義，不肯去空啣恨，将声謾呑棄簞瓢崙宝咢[生]云小姐我就

去呵[末]奴兒不愁背成都旧門。只羞履卓家貴閭。自家燕恥為重

到不如餓死無求委壑濵。也顯得丈夫遭困。[丑]背扯生云相公說那里

語話。你不見這壁廂雨漏那壁廂牆頽。教小姐实难居住。难消受風夕雨晨。那些个

金屛綉茵。[旦]云你怕我参々呵，若去必難免揺正是死中求活。

[前腔]他若念天親至倫。管教你有此意分。他若怪時呵。还有

傍人共解紛。也难道心生悪狠。[丑]云想着借米之苦，还是去好。休懷憤

他親深愛深。豈比那無情路人。[旦]云青囊你明日就去買船到臨卭，再作區処。

[丑]云小人曉得了。[生]哭介小姐好苦也。米又借不得。

教我這一家四口兒。飢寒迫身。如何是好也罷々々

我身上还有鷫鷞裘一領青裘与我脫去。王商家當一壺酒来与小姐解悶【丑】脫介【生】相公你身上受冷如何是好到不如小人脫下這些破綿絮襖去罷【旦】哭【扯生不与脫介】長卿你好生無矣今日當得酒来度了一時明日却怎麽过找自忍飢过了罷待我將這裙兒務完了到有幾斗米易青囊且末要去【生】云小姐不要管我明日陰晴难料且过今日再作區處【生】下說与丑介青囊你快去當来【丑】接哭下介薇得眼前飢脫去身上衣下【旦】云小姐也罷七七今日便拏去當了酒待你明日賣了裙襴贖还他罷【旦】云好苦也呵祇紅便當來也吃不下不如且去攢完了綉裙襴再作理會。

脫却重裘背上寒　何時挾纊咲相看

还怜酒醒三更后　兀上霜來透骨酸

〇第十五折　杜門謝客

【小笑子】外唱　醜事莫輕題。賎女淫奔去。情理好痴。當不

杜門謝客

許重完聚。冷面皮博得憂煩，少熱心腸招攬是非，多自
家卓王孫當初只道相如畜生是个好人，憑
了衆議治酒召之，誰想這等乇理，把我那不肖的女
誘將去了，差人尋覓不見，一時呕气，幾死。我想文生
也也罷，如何這等出乖露醜，教我怎生爲人，前日那
不肖的去時，未曾計較，侍女不免与這些丫頭出來
問他一个端的，却是那个知情，那个牽引，叫左右与
那嬌畜尋芳出來。净小净云只因小姐去常怕拍公
刑，阿日行方便，歸來劝一声，告相公有何釣旨。外云
咄！你這些小賤人，你且跪着，一一招。那不肖去的根
由是何人引誘，若不實說，重責三十。净云小姐在時
着奴家輪班伏事，那日起專之時，不是尋芳詠琴？實
不知道。外云喚嬌羞來說。小净云老相公，那日金是
了鬟直日，其實不曉得。外云还要遮掩。打介。小净云
容嬌羞細禀。外云你從實說來。
【解三醒】小净唱記當時，堂中設席。是孤紅報与他知。外云
報甚麼話。小净云他說道：都亭貴客將至矣。那時小姐就小動了，托言閒草出

香閨。外云你怎不隨他去小淨唱教奴細調鸚鵡語。他到進房時月上
花梢影已西。只听得進門来咿咿啞啞如覓侶相偷話重幃密榻不
許人知。外云還有甚玄說小淨云那日小姐去時尋芳直日不下奴家事外云尋芳怎玄說淨云老相
公不消打得容尋芳告稟小姐那日呵。
前腔照遍菱花梳掠懶。半揭珠簾挑綉遲。向蒼苔屢試
弓鞋底。謾隨芳草独吟詩。臨到月上之時燒香低拜姮娥語。禱告
之后他兩下偎肩相去時。尋芳也不知道記得夜分之際倒換燻篭只見銀牀冷落方才
曉得重門啓。忙驚叫孤紅不見。自此方知。外云這事不消說起是那歪辣
貨牽引的了你們既是相隨的他也不得辭其責也
罷你且把他留下的衣飾一一點過來我因緣子不
快畧到書房騙一騙我們且去堂前伺候着叫左右
外面有人拜望隨他至親且貴的人只說老相公有

疾在內。不能相見。應介外云不是志
同泄欲避。敢言疾為濡悲辭末唱

下美子閑事莫相關。祇為招閑氣事。若到頭來死也难

推去自家程鄭。當初好意央卓老治酒。往召相如。謂此
人后來必責。所以奉承他那。曉得做出這等事。出
教我不好相見。早間王父母自家來說。要我同去卓
家請罪。将言微諷。約在栢台書院前会。如何不見到
來呀。道右來了。
王大人至矣

金鷄叫小生唱可怪狂鯫事相累。慚顏無地。自家當初可怜相如
宦游不遂。作書邀之。何等敬礼。他那曉得弄出卓家
這庄事。不別而行去了。豈非大丈夫所為。將欲去劝
解此老之怒。又恐廷怒于我。不去劝他。又心上不安
早間已約程君同往謝罪。不知可在那里。了呀。原來
已先在此。相見介末云王季生等待多時。小生云來遲
恕罪。所央之事。乞賜周全。末云當得當得。請大人同
行。滿床錦綉留宪帳。一樹鉛華生櫚苗。下丑云管門
惟白崔封鎖。只青苔自家卓府院子。因老相公分付

杜門不接賓客，只得自家門上門兒若有扣門的就
好回報我老相公正是賊出關門屁出揜臀當防弗
防瘋老獼猻
小生末上唱
前腔帶咲推朱户來劝主人休怒左右告老爹此間已是卓家了門是閉的
小生云敲將開來左右敲介丑云是誰叫門左右云
本縣王老爹同程相公來拜丑云老相公有病在内
相見不便着小人在此候謝小生云如此怎好想是
卓老先生見罪之故李生且回望公為之先容另日
剎請末云他若杜門一例不接人了李生亦從此告
回小生云公还強他一見难道絕人已甚李生在寅
賓館奉候末云如此領命小生云暫別々々明知鼓
琴者致作採薪憂下末云把門的再去与我通報你
說程老相公有事在此定要求見丑云如此待我去
通報々々相公便到下外上云慙迎鷺寢客先得扣
門心方才小廝進報程君一喜欲相見必為那不肖的
事不見也罷又沒處說這一場嘔氣不免請他進來
告訴一番郤不是好叫把門的開門請程老爹進来
相見末云老先生一向遠教有何尊恙外云請坐々

（〻說起好羞人）一封書言之怒郎隨這傷羞不可追（末云老先生息怒〻〻〻外背）當
日事怎知（他）把洗塵樽（做了）合卺杯（我只道借書發呵）暫學鷦鷯棲
一處（那知他）故引鶺鴒過別枝（那）七絃絲托溪詞到是鸞
膠續時（末云原是孝生之罪因此踵門拜謝我只道）
前腔 蛟龍有因時暫垂鱗戲小池（那知道）岐山鳳引雛向
丹丘挾翅飛（當時若我作釂也有小女在家只恐）眼底藍橋人意遠屏上
巫山客夢馳（這畜生實可惡也罷老先生他有出身日子或者他）駕龍車掣鳳旂
可道風流女婿歸（外云休取笑還恨自家淫賤了頭）
前腔 吾生值命奇再羞言掌上珠（當初教他嫁又不肯嫁）心肝貌

似痴憑你豪門賁戚只說守水霜莫浪題如今呵傾倒傳家三世業
遺棄過庭卅載規我只說棄絕了他罷任奔馳遠羈栖花落花開
總不知末云滴閻王大人也末請罪困老先生見拒只得去了他也多拜上
前腔
往生事已非望仁人念少垂也看令愛分上親生骨肉兒
到頭來莫苦追相如阿金只是強把根來求並蒂老先生你老要把令愛
輕忍奇葩當別枝倘有回來之口怨兒愚望親慈轉把齒盟作
好期王大人專候回覆就此告辭外云多劳老來盖增慨赧相見王公之為宅夫至謝末云頗為內怒從心上起喜自咲边來生下外云方才着嬌羞尋芳仅取那不肖的衣飾如何不見拏來淨下小淨云物在人何在思深怨亦深一時輕棄撇兩下各傷心告相公衣飾俱取來了外云嬌羞点首飾尋芳点衣服不許亂了存細点着淨云待我先点首飾

〔十五郎〕（這是）鵲金釵相配俱齊（這是）穩犀簪。雕鳳螭（這是）碧琳
冠子迴風髻（這是）青玉珮赤玫瑰（這是）紫磨金宝釧双龍制
（這是）鈿葉玲瓏翠靨兒（這是）昆明珠水晶珥（首飾点完了〔小淨云〕一似今待我
点衣服罷）〔前腔〕（這是）雜織羅露縠垂霓（這是）金錯袿繡成襦（這是）帖
繡夗央一幅鮫綃袂（這是）蘭麝香熏百和裾（這是）金華襴紫
輪被（衣服点完了〔外云〕都点完了一一封好着依旧是你二人收管待二小姐適人時併此贈嫁〔淨小旦〕
倘小姐回來怎生是好〔外云〕唗出去。）
〔前腔〕（他是）貧窮人沒福重被（不与那、）守閨門享福的（你們倒不如隨
了二小姐也有出身之日）好相隨鸞鳳飛騰去莫戀月守空枝（這不肖丫
頭）賤骨頭終墜窮荒地（教我老夫怎生為人）反被傍人講是非。空

含羞對誰語。我本意欲殺那賊門的。此心又不忍。便回來時。只是閉門不納。由他餓死。也不管他你們且去。伏事二小姐。不要又弄出事來。那時一發氣死我也。净小净云。老相公家醜、可外揚。虽只小姐失身与他。今在外。未必无膝下之情。望老相公息怒。外怒介。唑。這賤人。好打多少親朋相勸。我終不從你是何人。敢來花嘴。打介。净云。小净云。老相公不消打我們。是你自家兒女。你自薄他便了。与我們甚么相干。外云。丕要胡説。我自家骨肉。尚如此。何况你區〻陌路人。下。净小净云。好咲老相公。你好寡情。正是

世事淡如春水　人情薄似秋雲
一旦悲歡难定　須知禍福無憑

○第十六折　常壚市中

【三臺令】旦唱 釀成三月春濃。人倚臨邛肆中。占唱 不語怨東風。怨憔悴一朶芳叢。醉太平 恩深怨深。愁臨病臨。向來消索难禁。占云 惱忻墉

文君當壚賣酒
美酒
出像琴心記

琴旦云芳菲憔悴年華易侵到今春說知音店云空
孤隨鳳心旦云孤紅我和你因見長鄉壁立勸婦臨
邛本意欲与昆弟姊妹借貸些聊生豈謂人情惡薄
竟孤所望幸賴乳母張老媪見憐將自鬻兒女錢才
助我做舍奴家只得自身當壚袞名辱恥也不顧了
婦人從夫好久由他長鄉自着犢鼻褌滌器于市与
保傭雜作何着如之丑喜今日春色明媚天氣晴和
必有市飲者過此不免當壚延佇以待却不是好呀
你看那一彩三匕兩匕掩映垂楊之下勒馬停鞭躊
躕未已想是投台少年高陽酒徒款來沽飲的但長
鄉与青囊負薪未回先人主店孤紅何不去喚他一
声旦云待我去長鄉匕匕婦道順夫子絳衣幕酒漿
如何今川裡陪咲倩
人當好羞矣人也下

水紅花淨丑曉來齊跨五花驄控雕弓芳堤打哄珊瑚
鞭子袖傲籠過新豐妖嬈目送咲指銀瓶蘭甕調引吸
金鍾滿捧取沉酒麴波中也啰淨云黃鶯飛上綠楊枝正是間關春晝時丑云

滿地偷錢收不尽大家留取醉金巵淨云春花々々
你好撒漫也偷葉都當不得錢使丑云偷葉當不得
錢使這滾地楊花怎吃我當了包单嬭淨云虽只楊
花心性只恐晒不穩共丑云不打緊々々々會使口
穿錢那怕攔街垂淨云這樣使布心腸难得々々休
取咲前面臨卬市中有一个標致婦人當垆我們大
家去沽飲一杯却不是好丑云使得々々就請同行
淨云此間已是店中了我和你先去看那婦人好也
不好丑云妙々々看介丑云呀回去了罷不要吃了
淨云却怎宏說丑云恁家裡酒淡淨云未曾吃怎宏
説得酒淡丑云你看他眼睛裡都是水淨啐介你
不曉得這便是絶妙的佳人豈不聞眉㬋春山眼橫
秋水丑云既如此就去進店謹介旦怒急叫占應科
來了生上云大夫淪落更向言憤鼻含羞只自窕占
他日乘鸾歸去占丑云空留酒肆在人間生云事已
至此出于无奈青囊行酒孤紅点茶文君當垆自家
雜作便了旦云好羞々々占做科丑做介淨云酒已
在此我与你好曲唱一出各人飲一々壺曲尽継之々
以詩不好不住口不醉不住手丑云既如此店主人
你将那酒壺大賣做一賣來才吃得我好丑云正是

有心開飯店怕不得大旺漢〔付与酒介〕〔淨云〕是我驪是我唱〔淨云〕便是你先唱

〔排歌〕〔淨唱〕竹葉清罇東風冶城少年樂地平分簾前花氣漸銷凝春色迷人暗斷魂〔合唱〕歌声動哄語傾持杯何限惜芳心風光艷酒與深杏花村店寄多情〔淨云〕曲已完酒已尽我吟一首詩与你听就把那美人為題〔小淨云〕好〻〻願聞〻〻〔淨吟介〕春風花草共徘徊取飲壚頭酒一盃我醉欲眠君且去明朝早上扶頭狗骨莫來崔〔小淨云〕你到眠得自在恰是這等尋長了詩柄〔淨云〕你不曉得第四句多了幾字只為詩詞來得勇仙所以收殺不住了〔小淨云〕好〻〻是箇有李問的詩伯如今是我唱是我驪了店娘子將酒來店与酒二人飾介占碎下

〔前腔〕〔小淨〕紫閣青樓金屏綉茵何如野店嬌春當盃八手莫辭巡休使明朝損別魂〔合唱〕春山媚秋水清頻敎

酒量十分增。清歌断。醉眼横。何時重約訪蘭扃。[小淨云]如今我
的酒也完了曲也唱了只要吟詩我就把小傷香為
題[淨云]願聞々々[小淨云]可愛當垆有脚春才來斟
酒郎熏人待我去戲他一戲來[諢占介]傷香姐羞嫌
小子騷鬍狀听拔陰毛百十根[占怒啐介][末淨打介]
[又諢扯旦介][生怒打介][末云]東風吹水日啣山一路
鶯声万木閑相見欲知行樂處桃花很藉酒闌珊自
家程鄭在武陵橋踏春歸來過此臨邛市如何前面
酒徒攔住叫左右打他過去看那酒垆是何人開的
容他做發小生應介問介[出店主]人您左放那酒徒
攔住了街坊不容老爹過去[丑云]呀刬是程家大哥
配事々不要說起其實相公在此開店[小生云]有
這等事俠夫報与老爹知道[淨小淨驚介][淨跪介][生驚]
扯旦避介[淨云]不好了々々々事敗矣[下][卜生云]告老爹
司馬相公与卓家小姐在此當垆[末云]有這等事你
去請他出來相見[請生不出介][生云]青囊你去多拜
上程老爹你說我家相公事出无奈没顏相見明日
亻家而叩千万勿与卓老爹知道[末云]既如此我自
差人來看数相公寬心大丈夫不要如此[丑應下][末]

天呵誰相他有此一日我也好羞不得不去再勸卓
老這回傳与高堂信好把伶仃怨女看〔下〕〔生〕旦〔占〕〔生〕
青囊程老爹去了么〔丑〕云去了〔旦〕云長卿卿你好
羞死人也為何做出這症醜事教我含羞無語怨對
東風是何道哩〔生〕云小姐
事出无奈你也不要埋怨

【北醋葫蘆】你咲我是村坊酒肆徒追不上那黃金屋今日將你出乖露醜呵又道是苦虀鹽羞殺那天廚祿須知他丈夫家氣充破屋暫落得黃虀啖瘦那些個走窮途自有風雲足〔旦〕云長卿你倘日若有出身的日子但我今日汙辱如此怎生忍耐得了

【前腔】我只道是金門銀鑪錦綉坊受用盡豪華美福誰承望杏花村却把那青旗矗柱恨殺倚市人兒（佳人）紅粉辱這些酒徒无賴常做了楚姬絕纓之事呵又恐怕生涯斷續只索向甕頭春

底供醺醺系[占云]小姐今日辛苦多了請去歇歇罷[旦云]醺也罷我先去睡長卿叫青囊收拾盤盞進來

垆边人似月肩時皓腕凝双雪姿[占云]酒散黃昏人草草悶容無語立花枝[下][生云]青囊今日教小姐當垆出醜其實是我不才你把杯盤什細收拾了進去[丑云]身穿犢鼻酒家傭可恨官人落难中莫道今朝死快活淺盤汁水热䭾䭾一應家火俱已收拾完了相公進去安息了罷[生云]既如此我且進去你明日可早起來開店只怕卓家有人來如何是好[丑云]相公言也說不得了呵

退难縮後進難前　俯則羞人仰愧天

若怕主娘埋怨你　便須洋醉脚根㡳

○第十七折

[普賢歌]外唱 平生不作皺眉人懊恨窮家累老親今日声自吞今日声自忍只為骨肉之情志氣分自家卓王孫因不肖

之々女相隨任生夜亡成都向來含羞慚々成疾本願他餓死天涯也是一塲快事奈何又歸臨邛餘舍市酒一時聞之不竟怒起只得杜門不出誓不分与一錢如今又被程老爹諸友相勸以為一子二女所不足者非財也文君雖失身于長卿々々故倦遊雖貧其人才足依也且又是令客奈何相辱至此因念業已為之只得分了他旧時偷嫁之物并錢百万家僮百人使之善歸成都已曾分付掌家携去如何不來回覆左右的与我叫掌家出來小外上云人似西門豹身當北門鑰可為趙孟老我是公孫縛告相公携与小姐身章首飾布帛錢財及從人俱已完備了外叫那頭頭的男女過來小外叫介男子山童女人嬌羞過來听老

相公鈞旨

【梨花兒】丑淨唱我在家中吃飯吃方穩如何又要出家門你看我男子燒湯女傳粉嗏臨（地名）邛市上不折本老相公差我們到酒肆中伏侍小姐只得要去了不知有何分付老相公磕頭外云你這一班人我差你去伏侍那

不肖的你去對他說當初背父違命出不得就殺了你以決心志又為自家兒女只得隱忍了你說當初從他時節享富貴榮華今日潛身落得居徒四壁當爐小肆滌器窮坊玷辱家門貽羞閭里可惡可惱本意不分一錢由你餓死又被親友相勸不過勉擬這此人財与你自今以后急々回家置買田莊以爲終身之計再不許任此呈醜若是要見老相公除非丈夫做官回來你去對他說衆云領鈞旨外云莫怪生男不讀書何如生女適門戶〔下〕〔丑淨〕

〔云〕我和你官差不自由只得去了

【前腔】他們坐得好安穩我們行得好艱辛去趁早把他那店上東西吃一頓嗏茅廝裡面窩出快活糞天有不測風雲人有旦夕禍福小姐々々當初那淚汪々如今低頭碌々〔下〕

【剔銀灯】旦唱春來苦愁容瘦損与文君人名一味氣成悶只為賣酒呵惹他浪蝶狂成陣博不得許多々錢呵被他們羞得倒褪又

難去赤臉認真只索把餘恨自吞相如窮酸的你當初着青囊世訪之時說得有許多受用如今教我呵

前腔旧時事重还喚醒罵克家繞遍愁难盡你風流惹下淒涼運把旧時的話兒心口兒全然不應今日教我到此清溪之下洗那軟蔓根來當午飯好不做尽了下場頭事也只怕有人來見未穩那時節怎生回也忙遮掩東西避人呀不好了你看遠遠來的好似府内的院子小姐使用的丫頭基着其玄東西来也我且躲在綠楊樹下假以洗菜為由看他过去丑净小姐小净云溪边自有胡麻飯行尽挑你不見人我們走遍臨邛市拘尋小姐酒妒不見你看那綠楊樹下到有一个洗菜的女子不免問他一声小娘子你曉得司馬相如洒妒住在那里占云我不曉得丑云且住那女子却像孤紅的嘴臉待我去叫他一声看他怎应孤紅占云我是八黑不是孤紅丑云你若不是听我們說来

前腔你本是伶俐閨房老倩如何哄小姐到你看那驀地裡陰諸秦晉諸事以來潛蹤忽向天涯趂又早來移居酒郡你快些起來指引我們相見主人忙報取春生繳闔這些東西都是老相公着我們送來与小姐的不要吃驚決起來引我們去見小姐（占）低云事已至此好歹由他走不脫了只得与他相見呀郤是列位哥哥姐姐秀实到此做甚末（丑）云委实老相公聞得小姐當壚為親朋所勸只得送些衣梟首歸在此吽他急急回家置買田宅不要在此呈醜且住我問你一向在此受用末（占）云我怎不受用你听我道來

前腔儘着他蘿薜叢中鮮悶不吃飯清泉消困把淚珠撒漫彈新粉只見賓客塡門呵鎮日價金徽玉軫（丑）云既是這等受用洗那菜兒怎末你不曉得（占）喜採得幽蘭嫩芹与娘行同消渴吻（丑）云休得

誇嘴倘俟傾我們去見小姐〔占云〕待我先去〔净云〕不肯与我們同去还是怕我們看了酒肆剪咲的意兒如今也是一家窮醜遮不得了一定回去还有一件老相公有事都不在心只要你回來另配一个老公与你不要与那窮酸人做小老婆〔占〕怒介卒又來了々々々

莫道當壚不妙　今日送來錢鈔
人々學得文君　個々倚門賣俏

## ○第十八折　長途遇寇

〔縷々金〕〔末净唱〕成則王敗為咱流芳难百世臭遺芳無賴常騎馬彎弓獨射來的莫辨我和他金銀且留下自家臨邛道中有名的响馬是也慣一嘯聚山谷出沒溪洞的狐祖宗是九江王布從堂姪是五斗賊曾喝下馬的話兒是傳家之美訓奪將去的勾當乃教子之良謀三枝飛箭忽剌々去鳥驚開一道烟塵黑湫々

寒雲閃過芒碭山，好風水，俺要住他一个月。烏江路
沒尽頭，咱今不學八千人，攘手証父竊咲于忠。殺馬
救民多。鄭君惠正是吞舟之魚，跳梁，不若毒蛇當道。
蔽海之蝦蛟扈豈是白帝臨頭。天生一个好貧賤，必
定今生要做賊。兄弟閑話休題，那遠々來的想是有
金銀。在東，我們且隱在深林中，待他過時，即便賊住
了，做一庄小買賣，却不是好。在咱
山下過，怎敢不低頭。〔下〕〔生旦占丑上〕
〔前腔〕筋力倦。路途賒，奔馳千里外。漫咨嗟。山靜人空也
荒林將夜。〔末凈上唱〕來的莫辨我和咱。金銀且留下。叫這一夥人到
那裡去的下車來。〔末驚介〕〔丑凈云〕將宝物過來与我。
〔生云〕小姐孤紅，不要過來，待我自去見他，告大王，可
憐見貧儒行路，无有東西在車。〔末凈云〕还要胡說，兄
弟先把那婦人殺了，然后動手。這兩人〔生云〕大王可
憐見饒恕我們殘生，這些行李尽憑収下。〔末凈云〕既
如此將過來。〔生与哭介〕〔末凈云〕也罷，饒你姓命，快走々
々，誰知无本生涯做出有錢勾當。〔下〕〔生旦占丑哭介〕
老天々々，你為何赶得人這樣也。〔丑云〕相公，且喜山

童唱這一車还在后未到請畧寬心（生云）青囊那些細軟的都去了、總使后車无恙也不濟事了（丑云）相公没柰何你看前路昏昏、只怕又有豺狼在途、不如且往深村中暫住一霄明日行罷（生云）也說得有理小姐且勉前去、再作區處（行介）

【前腔】前失望。后無家。誰知中路裡。遇奸邪。猛把弓刀振凳成碎尾。吁吁兩氣痛傷嗟。說甚風流也（下）

○第十九折

【菊花新】（小外扮得意上）漢家天子重英豪。驚見文章思俊髦。始信讀書高。萬里帝星偏照

江山千里頭俱白、骨肉十年眼尚青、追念旧人渾不見故閭回首最関情自家楊得意獨郡人氏見為狗監、只因聖躬好獵常行執役供奉穿間從過長楊門檢閲梁王畫籍得子虛賦深加歎賞、不知何人所作、自以不得同時為恨、得意因言是故人司馬相如所敍、上

為驚起郎之成都召之六右神武門待詔不免延宁
回、却不是好、呀、道尤未了、圣旨已到下、生擒認上

栴伏兒皇家寵召。ヒヒヒヒ。恩榮不小。休怪長安杳。填

刻風雲隨到〔合唱〕忙促駕急趋轄ヒヒヒヒ聖上有宗着狗監揚

得意馳驅成都爰為故免武騎常侍司馬相如还朝
郎与借來毋稽联侖欽哉小外云万歲ヒヒ万万歲
微臣揚得意就此辞朝小生云王程丹葉經故園白
雲边下小外云家人揚名那里末云款覓一鴻信光
辞遍豹圈吉公ヒ揚名見小外云急攢人夫到成都
走一遭末云公ヒ此去不知有何事情小外云我兒
正要問你可曉得司馬相公何來消息如何末云公
ヒ。他自回家前日幸有王吉相公在臨卬作令聞其
宦遊不遂作書邀之那女兒好音相如故以琴心挑
岌寅出事來哄他走到成都只見君徒四壁勉強
又至臨卬那時當垆出醜卓王孫閉門不納苦因親
友勸解只得分些財物与他不意中途遇賊遂成窮
須何來消息如此只怕憂愁日積生死未知小外驚
介有這等事果君不幸呵一負朝廷重望二負故人

相薦，三貢平生志氣也罷，凡判那成都看他了落，再作區處。
【賞宮花】瀟洒行軺。故鄉雲水方耿。勢途中何處逢晉鮑
到使人，拂袖西風道。長卿你若得遇呵（合）山林廊廟清福怎难消。
（末云）告公公，落霞殘照，程途易晚，趲行前去。
【前腔】風捲雲高。客星一点來照馬頭前。一派秋水杳。聘
故人隔絕天涯道。長卿，只怕你 山林廊廟清福怎难消。（末云）告公
公，前面是皇華驛，了。（外云）進去安歇。
小外 天子虛前席 （末）親臣下九重
只因為賦客 特地訪詞鋒

第二十折 誓志題橋

出象琴心記　二卷　廿一

【虞美人】（生唱）秋來底怪添僝僽病，壁清霜候寒蛩唧唧，樹颼颼。愁听夢中哀雁度南楼。甬甬孤生竹，托根太山阿，連捲桂樹枝，斜以蔦
上亥又誓之，似衣好，一死心靡他，詎知南郭樵蕘，然執其柯，一朝不自保，宿願今已差，棄去勿復道，涕泗空
滂沱，相如自与文君當垆，幸遇臨邛諸公与其父勸解，勉將衣餙東还，豈料中途遇寇，刼去掠殆尽，全剩
下些財帛，也濟不得甚事，文君一時憤憤成疾，如今
竟得沉重，怎生是好。聞有賣卜嚴君平先生在昇仙
橋開店，不免去一叩，問判个吉凶，再去医士李百藥
家，説与他病源，求一兩帖妙剤，倘得文君无恙，我相
如終身如此，也甘心的。不免與青囊随去。青囊那里。
（丑云）相公有何分付。（生云）随我去問卜討藥來，叫孤
紅用心伏侍着小姐。（丑分付内應介）
（生云）求医兼問卜，生死就分明。（下）

【上春花】（外扮賣卜人上）來問吉凶和夭壽，卦錢上些兒不謬。（净扮
医人上唱）神農傳下草頭方，學得殺人如溜。（外云）呀，李百藥，神農傳下的方，

那有差處淨啐介我說差了、是我祖上傳下的、外云
後人如溺也不是你做太医的手段淨云嚴君平先
生你不曉得也是父親教我的他道胡乱人家病發
一味用些剋罰外感認做內傷虛損謂之勞發不問
神聖工巧一莫辨望聞問切作些聪明哄他撞得着時
便活只怕一貼曉蹊背了藥箱就躲所以小子急時
常叫藥師菩薩外云李先生閑話休題這兩日可有
生意么淨云不齊々々近日先生的如何外云也不
濟呀道尤未了一个問卜的來了淨云还是討藥的
他若問病人的大像々說沒事我才哄得他的錢外
豈有此理生丑上云路遙行處急天遠問時遲青囊
此間以是神仙橋了你看李匠士在家么呀百藥先
生劉々在此這位先生是誰淨云就是賣卜嚴君平
先生々云嚴先生久慕高風正欲請教幸遇々々外
不敢々々請問先生要卜何事生云賤內有恙敢煩
一卜以覌大像何如外云請到小店去生云願俞內外
云請道鄉貫來生云蜀郡成都人、司馬相如妻卓氏
係臨邛縣金桂鄉人、向于五月中、臨邛道上病發至
今未痊、因此特地求占外卜介折々々交拆甲寅旬
中乙卯日、占得純坤卦、第五爻才爻發動又喜官爻

助旺、文書有力、不惟病人脫体、主卦者可得遠大、前
程預賀〻〻。(生云)那有這等事。(外)你不信、豈知我
【瑣窗郎】鬼神机妙裡研求問貞。(偏)能鑑幽雪風天地卦〻
都搜。不、聽得有人呵泛槎絕域增冲星斗。帶得一塊石回
來、我就斷他是神女
支机一說便驚走。(末介)先生、區〻呵、真本事豈誇口。(生云)張騫
乘槎之事
到是先生失瞻了、果若賤累之恙得痊、李生又有僥
幸之日、那相謝也說不盡、如今卦錢先送下、容日再
謝。李先生還要求已貼妙劑(淨云)說病源來(生云)前
日求去的藥、越吃越凶了、不知无緣吃他、也不知先
生用差之故(淨云)我那有差時、若用差處、在第一貼
就死了、還是你令正不會調理、如今仔細道來(生云)
向因臨切道上遇了強梁、劫去些財物、一時受了驚
心中抑鬱、所以成此賤恙、如今胸膈飽滿、心腹疼痛
飲食不進、咳嗽身熱(淨云)這病源我曉得了、如今撮
這兩貼去吃就好(生云)先生莫不是胡藥(淨云)若是
劫掠、我是賊郎中了、不做這等事(撮藥介)有感則通
有析則應、四方过往神靈、天下纔行使者(外云)你是

医生。你怎么也通起鄉貫來。净云若不待吉神扶宜藥怎么得効。外云原來你做郎中全靠天地神祇非是自家本事。净云淚先生你不曉得自古道赶我十年運有病早來。生云俗話倸說此藥會去只怕久如前不効怎么好。净云你听我說這是印板上刻成的

前腔這難經佐使無憂李本草隨症換。胸膈飽滿是鬱結所以當用砂仁研末。生云用些陳皮枳實如何。净云這到好。又忘了心腹疼痛是有積血當吃陳酒三甌。生云用些杏仁紅花也不妨得。净云是是吃你說病源冬了。又不得工夫到裡面對方子咳嗽身熱泄不打緊把那薄荷兒放些些白糖豆粉。多吞幾口。生云王露霜䉃好用些些麥門冬如何。净云你又不曉得了。必要去心。還是我做郎中的曉得。若到煎時切記切記三片生薑。一碗水。煎八分。若吃不好呵先生你休取咲便問口。生云問口怎么。净云罵我道草頭郎中沒用的狗禽獸。生云豈敢豈敢。藥金在此。向病痊之日再來奉謝。净云不消得。生列介。問問。當趁吉求医不

避凶。（外净云）要知凶与吉，只在一時中。（正末云）青囊我行得倦了，且在神仙壽坐一坐去。（小净扮于小二上）

【小女冠子】于小二臭如牛。生平不好留朋友，見人來只對外而走。（笑介）朋友々々，你不知我心事，我那潑賤老婆，呌茶又无茶。只為老婆潑賤常呈醜。怎么常呈醜，只見外边討茶裡边罵。一頭燒火，一頭話，又無茶兼又無柴，呪得客人吃不下。也有得他心喜時，放胆留人。不須怕，畧々牛筋括着些々頁教冷酒，沒得喫直碎面皮，不打緊，背上吃拳雅得罷，再死一句好心肝，只見絶声臭亡八。要頂馬鞴盖日裡要洗陳媽々々，這樣婆娘天下死，更兼一个妬根割不下。于二告，把与別人做話靶，只得對了神仙壽斗天天斗地，喒淡惹揖介，壽神只願与我急提了這惡婆娘去。（正末云）呀，于二哥，為何這般模樣。（小净云）喒我見哥々坐在橋上，所以昌你的。喒（正末云）元來如此。小弟失瞻了，于二哥，小弟行得路多，一時口渴无處覓茶，敢到宅上求一杯何如。（小净背云）喒又遭瘟了。應承他家去也罷，怕我那老婆又罵，如何是好也罷々々，有計在此，轉与生。（云）就請々々，待小弟先去崔薦兄可后來、惡妻打棒飛伸頭、好客臨門驚縮頭、〔下〕〔生云〕青囊、此間已是牛二官家裡、為何進去不出來了、你向裡面叫他出來、〔丑叫介〕〔内罵云〕那个天殺的在外边、〔丑云〕是司馬相公、你家官人留吃茶、故此進來、〔内云〕啐、你要吃茶、到臨卬酒肆上去、〔生怒介〕〔青囊〕他明明罵我了、罷罷罷、天下有此惡婦、不要理他、我們自去了、天呵、若相如今生不乘駟馬高車、誓不過此橋、我且題在此柱為盟、你去借取筆硯來、〔生題介〕

〔奈子花〕天應念。淪落狂鯫。奮青雲穩取封侯。河橋望裡錦袍歸。昼駕仙車山川增秀。〔合唱〕輻輳。願英声一時騰茂。

〔前腔〕〔丑唱〕喜題柱刻岳銀鉤。願東人早占鰲頭。揖公望你对此橋呵風雲萬里奇功立。就勿淹留鵲河填守。〔合前〕

〔前腔〕〔生云〕青囊男兒漢須別恩仇。大夫志豈困荒丘。崆峒倚劍奇功必就。我若得意回時凭驚看拏雲双手。〔合前〕〔丑云〕相公小人有一言告稟士方窮時困阨閭里庸人孺子皆得而侮之若季子不禮于其嫂買臣見棄于其妻一旦高車駟馬衣錦榮歸而所謂庸夫庸婦駭汗俯伏以自悔罪于車塵馬足之間世態然也如今不愁相公孛力不充只愁放小姐不下

前腔金門步誰似青楼玉堂春豈換鴛儔好不悮了生平志氣如今待小人也拜這橋兩拜只願我相公呵從橋拈言畢莫遣心口相公果肯取得冨貴看蒼頭光生敝帚云台前輻輳願英声一時騰茂相公或者小姐病中煩燥回去了罷生云青囊下小姐一好我就京去了丑云只怕相公過了一夜枕頭上恩情重明月又忘了

不為妻友激　反被婦人嘲
他日風雲就　銘功在此橋

○第二十一折　陽関相送

文君陽關送別

【卜筭子】（旦上唱）怕捲綉羅幃，轉展成吁氣。（生唱）莫把春愁怨，春瞳鏡裡容憔悴。（旦云）池塘淺蘸烟芜，簾幙閑垂風絮。（生云）拋卻閒草工夫，冷落踏青心緒。（旦云）只因病損愁多，落得花飛春去。（生云）可憐綉閣生苔，常對月華龍砌。（旦云）長卿，奴家自前日驚病之后，至今沉重，不能脫体。看來服藥也不濟事，不知那一件可解得我胸中之苦。聞你昨日去問卜，不知吉凶如何，可仔細說來，不要瞞我。（生云）我去問卜的先生，乃是嚴君平，一占就得好卦，斷云，不惟病人脫体，主卦者目下且有遠大前程。小生自分若有此日，才報得你的恩義，只怕好事难憑，徒生妄想。行過昇仙橋，又被長舌婦人朝笑，不覓憤恨，借取筆硯題橋：若相如不乘駟馬高車，誓不過此橋。只是你病先不能就好，使我放心不下，去不得。（旦云）你若要去求取功名，我也甘心就死，不枉為你受了多少辛苦。（生云）呀，孤紅拿藥來了，且請吃些，再作區處。（占云）淚泪搏輕扇，含愁揭綉幃，可憐香閣伴，烏鬢病中稀。小姐藥在此，乘熱吃了。（旦云）好苦，吃不下。（占云）小姐沒柰何，要病好，勉強吃些，听奴家奉勸。

【黄鶯兒】你應恨夜亡時，到如今，重悔之。懨懨病損千金
体。你把辽嬌身自持。穷愁自知。寬心守待他榮貴。你若病体不保
他得意之時，又自有春風桃李。效雄雌。交鴛舞鳳。誰意旧棲枝。旦云紅白
如此，有甚決活，不如死罷（丑云告相公，不知您的朝廷差一使臣到來）（旦占驚介）
【玩仙灯】（小外唱）迢遞下彤墀。為文星遠來招取。（末監楊得意、恭
承王命，特至成都，以召相如，且喜到他門首，不免逕
進。（生云）呀，楊先你是天上來，夢中來。（小外云）賢弟，老
夫為你特齎聖旨在此，請先奉君命，后叙朋情。跪听
宣讀。皇帝詔曰：聖君蒞治，必資臣工，不亭聰明，无以
婣不逮也。今朕獲執天子之孜，以承宗廟之祀，欲肆
力協典，以軼皇王之轍，而朕又不敏，恒惕焉。迁聞梁
孝王籍，得子虛賦，讀之，茫然自以為不及，深恨不得
与卿同時。既聞楊得意進言，知卿所作，故詔卿偕來，
登于朝。朕親試焉，毋以不明擇于不狂，而敬陳于篇
周之密之，重之秘之，以匡朕躬，嗚呼念之，其急來毋

息望闕謝恩生呼介万歲、万歲、万万歲、楊兄拜介豈
意逢窮衰荷遇燭龍光、小外云賢弟不是腸谷飛雛
始朝天日、生云只是賤累有疾、不忍出門如何是好、
小外云賢弟差矣豈不聞君命召不俟駕而行遲且
不可豈應不去烏有細君之恩大于人君之命乎就
請束裝不可淹滯生云待小弟沽一杯水酒与兄洗
塵小外云相睽濶久渴欲論心奈主上虛席以待下
得遲留老夫畧到舍下一看竟到昇仙橋拱候夕里
之行句此始矣行囊須要周備旦云領命領命小外
云放八方得面天佼俗開顏下生云小姐快請出來
旦占云打听堂前喚當嬿出户逢長卿朝廷為何有
詔書到來生云當初我在梁王門下曾作子虛賦獻
之幸為今上所見自以不得与小生同時為恨且喜
故人楊得意進言是小生所作故遣他來召我此行
心有好處只是放你病軀不下旦云長卿奴家的病
根在貧困中憂愁做成的你若爲得一官半職我就
死也甘心。只是早去早回是奴家深望生云一定就
回旦云孤紅你去安排一杯酒来我与長卿送別一
面收拾行裝不可遲了。古云今朝始信文章好莫道
孤紅不識人下旦云長卿你教我今日可恨悶心頭

愁不語含情推挽去將衣君行未出閨房點妾夢先
隨（旦）相帳飛（生云）小姐你疊起許愁千万綫依將新怨
盡情帶隔簾正有斜陽留恐伴离魂過水西（旦云）借
別莫言千万里殷勤謝生兩三杯又愁化作相思淚
醉酒离人嘆不回小姐別酒一
詩行裝一束在此（旦云）取过來

【步步嬌】萬里関山今無奈愁捧流霞得無限別離懷緒
鬢低雲翠眉消黛千分空結錦前程半生未了相思債
長鄉我百種艱辛毛多厮守方才得芳菲好如何又成
画餅（生云）龍虎難逢災央易散今日一別豈是下懷

【園林好】為情事千般感懷守荣華光當遭害幸喜得緣
諧千載（合唱）誰知又別多才々々々々々

【前腔】（旦唱）守凄凉新愁又來苦消條旧愁还在須臾頃
愁多厮害（合唱）真箇是好難捱々々々々々々

〔江兒水〕〔生唱〕悵与幽閨遠，愁將客館捱。知心的何處人兒在天涯，風景偏無賴。也知道醞釀愁胎，攪亂情山慾海。〔合唱〕把咲裡青樓，番做了、了愁邊荒塞。、

〔前腔〕〔旦唱〕心上方辭恨，眉頭又展灾。將知心頃刻寒烟外。〔小長卿此去呵〕風凄雨悶安心耐。須知貧去榮華在。休嘆征途行邁。〔生云〕小姐只是放你不下〔旦唱〕休要淚眼空淹，还把文章高賣。

〔伍供養〕〔生云〕小姐我相知此行非是輕離歎別呵只為倦遊數載，受知音天階薦才。便教新貴顯，肯把旧盟乖。回首青雲早，結髮雙帶。只愁銀燭夜，托損玉人腮。〔合唱〕會取榮華魚水重諧。

〔旦云〕長卿你回來不見我呵〔哭介〕好向錦江灘外，葉瀟瀟西風一派埋了相

尋寒骨處拋下淚珠哀。一吊生平使我芳魂知載不孤

飛雉遠早慰鶴群來。〔生云〕小姐怎說這話〔合唱〕管取榮还衾水重諧

〔丑云〕早是出門常見月可怜分袂又經秋吉相公天色將暮前路催行觴公公又着人來請了〔生云〕你去回報他說將來了小姐我和你就此拜別去了

〔玉交枝〕一時分鮮。謾凝眸。此侍頓垂。這離情。送得人尷尬害得去驂难駕離觴急向分手開離腸已斷千山外

〔合唱〕嘆今宵魂夢怎捱嘆他年。榮辱怎猜。〔生云〕孤紅姐我也拜你一拜小姐早晚扶持都在你身上〔占云〕相公這个不劳分付孤紅也奉相公一杯酒

〔前腔〕真心休憐念相從幾戊禍胎。紀臨邛酒肆風光在滌器當壚消洒。还有一句話兒你弄琴求孝栖鳳幺。逢花更演

風流倩(生云小生豈敢博幸至此)(占云相公小姐在此下)休教他明珠暗埋休
教他玉山摧懷(丑云相公々々又着人來催了去了罷)(生云罷了々々)(旦扯生介)
【川撥棹】(合唱)辭鸞鏡別鳳釵。向驪車鬆魚帶頓此去綠
筆花開穎此去紅杏雲裁休負蒼龍沛雨才。(生下旦云孤紅他有
去遠了好苦也)【前腔】昨日相如今又乖。昨夜成双今飛來誰知
道命運當該忽看成咫尺天涯(孤紅々他)只風情蕭壯懷我
幽情損瘦骸【尾聲】佳期此去何時再。但願得時逢身太
衣錦还鄉。齊誇司馬才。

蕭々疋馬出陽關　四野荒烟迷乱山
莫道征人看不見　一鞭殘照綠楊間　二卷終

皇上旨宣長卿入殿

新刻出像音註司馬相如琴心記下卷

○第二十二折

【步蟾宮】末扮中常侍上銀璫附耳榮非淺。近君嚴宿衛乘驂。人從北斗事朝參。羨俺相依龍輦。自家漢朝一箇中常侍是也。官居禁苑。職理詞章。貴出列侯之上。權齊卿相之間。不說在下清高。朝廷富貴。只看今日皇上出獵。這鑾輿整肅。鹵簿端嚴。那裡說得盡。但見似霧龍香由引。照仗過複闕如雷象輦。大開閶闔下。千門双鳳花袍晝詠。神仗閃爍交鑾。園扇都看仙仗迴旋。前除道。后護駕。莫非鉄甲之將軍。左紀言。右編事。懸屬金章之太史。華过長楊。細雨忽來清蹕。旋停五祚。清風預作祛塵。表林麓而廓早兼霞旆。迤引剪荊棘而夷荒穢。胥鼓喧推鳴華馳驅。自有追輪造父。弭旌護從。交迴轉御。織阿沉兮絲燒。火紅雲旗。白林谷為之變迁。猛市兮迅乘出羽騎馳。雷電為之交作。江河阹而太山傦。會无得一脫之飛應。千將戟而烏號兮。豈有偷奔之豺薦。前開一面除

一一八

非可軼遺風預設二驅未許詆外野馬但見上綫帰
田咸謂劉鮮輸染不道東津講武相從大狩咸施姹
楚誇齊休足論渭川未渾実與齊君王豈是荒遊
日本為边陲胃敲聲呀圣駕未出奏事官已到

劉瀫唱道【生小外丑上唱】五雲縹緲龍光閃望皇都帝闕遥瞻天威咫天將身斂拜舞謁丹墀祗應受重瞳監官【生云】須有驚物候新【小外云】雲霞出海曙梅柳度江春【生云】楊兄我和你路途迢遞飽歷風霜不在話下你看雲霄咫尺帝闕森嚴何芋王氣也【小外云】長卿風雲易失雨露难逢你在考景之時淪落不偶今日忽逢天上傳宣又是一番模樣了此是个門外廂仔細進見則个朝拜介

前腔【生唱】九重目射黃金殿仰天王不朦驚膽玉爐香氣朝衣染【合唱】忽見五雲中萬雉迴團扇【小外生呼介】万歲万歲万歲【末云】衆官不得升殿爾拜謁的是何官【小外云】臣狗監楊得意親承我主之命往召司馬相如今來

拜謁〔末云〕既如此吾當轉達〔正〕是官无一品貴戚有
万人崇〔下〕〔丙云〕圣人有旨朕即欲往獵長楊聞相如
已至少緩行期急宣進見〔小外云〕長
卿聖上宣見請進老夫拱伺〔生見介〕
〔六么令〕忙趋急歛上金堦謹拂朝衫。雲邊側耳聽傳宣
天語近拜。應前。鰕生何幸。膺高薦〔下〕过朝門殿重〔末〕宣
正門〔下〕〔末云〕出入惟
君侖高低逐陛行適才召对之官未出且在此闕候
一回呀楊内相方才進見之人好生端整也〔小外云〕
此人文章冠絶天下豈惟都雅近獵時名〔末云〕原来
皇上召他爲愛文章如此人生豈可不讀書〔小外〕正是
〔前腔〕文章鴻漸履金堦。方顯男兒鵬摶九万。二闔宵披
禁掖接天顔無穷恩露從今染〔丙云〕圣上有旨適見相
如甚慰朕想昔計尚書給
筆札中常侍送入東閣朕獵還即
欲觀文毋慢欽此〔末應云〕奉圣旨
〔劉潑帽〕〔生上唱〕天顔有喜文詞艷。坐絲綸。此地非慚我

不枉將書那日窮研遍染玉管。捲珠簾使歡咲生双臉

小生扮尚書給筆上【前腔】親持縹管文光煥更兼重蜀紙湘縹行

看項刻雲烟遍須信讀書人。一日芳名炫【小生云】筆紙在此先生請

取下下官告辭管成子郎日抒文諸先生行當散藻【下】【小外】青囊你看相公出來了【玄云】相公出來了

小外末見【介】長卿恭喜圣上有何話說【生云】皇上一見詭問子虛賦郎所作于相如對是臣所作此諸侯之事不足觀請為天子游獵賦以進上為大悅因命給筆礼送入東閣駕還郎款觀文【小外云】好匕不負所寄此文一成富貴之限夫弟不識你賦才遲速如何【生云】不勞掛心

【出隊子】賦才無玷匕匕匕匕定有奇花上筆尖風雲月露

讓誰搶頃刻詞頭驚琬琰【合唱】奏達雲霄必定喜添【小外】

長卿只願你文章呵【前腔】鬼神驚戰匕匕匕匕。万斛珠璣信手拈

翔風直上玉楼邊九載環才今日展〔合唱〕也不負名擅

京西望切斗南〔小外云〕老天本欲奉送仍恐駕出欲從徃獵不得如願少罪ヒヒ〔生云〕豈敢〔小外云〕朝為田舍郎暮登天子堂將相本无種男兒當自強〔下〕〔末云〕先生請列東閣去罷〔生云〕需侍請〔末云〕先生請進這裡已是東閣了

前腔紫微花爛ヒヒヒヒ。絕樹芭蕉映碧簷玉鈎垂下水晶簾金鑰門開花冉ヒ〔合唱〕一咲掀髯文思頓酣〔末云〕先生閣中已至就請登入斗左右看茶來

前腔風簾花檻ヒヒヒヒ。滿目瑶編宝玉函霞箋瑤管伴緗縹贈與先生逸興添〔合唱〕恩中白雪筆底泉源〔末云〕李生告辭〔生云〕天使六人有勞了〔末云〕何妨身染翰林墨卻喜衣沾御苑香〔下〕

〔生〕青囊我

忽朝大上明君　俄念家中病婦
何日飛鴻到也　傳与平安無故

○第二十三折

破陣子（旦上唱）一自才郎別去，新愁和泪俱增。（占唱）踈簾常掛凄涼月。破壁空懸慘淡灯。誰怜悵別情。（旦云）手撚花枝意忉痴。一春常是憶人時。如何說得凭闌處。風裊垂楊千万絲。孤紅長鄉一去經旬更無音信好生悶萦懷也（占云）小姐万里明山鱗鴻难便請自寬心保重（旦云）孤紅我身子雖覓稍快但這淺紅鋪地新月篩空。此景離懷共成愁絕不免亭下閑步一回你去烹些茶來（占云）莫道月團心內苦暫將少吉口中甜（下）（丑淨扮更夫上）月子彎彎照幾州。幾州幾人歡樂幾人愁。幾家夫婦同罗帳幾家拋散在他州（下）（旦云）呀你听墻外行歌好生凄慘人也。

四朝元　黃昏初靜。歌從月下聞。道幾家夫婦同對清景

也有人呵異鄉拋獨影謾支頤自省々々々々怎得同誇青鸞咲
指双星只怕丹桂香消廣寒宮冷。人与姮娥並〔際〕空自悔
長生靈藥雖偷碧海心常另。外呵日遲馳万里情羞失良
辰與共誰廝倩朝々暮々陽臺之徑々々々々々占烹茶上燗窑
粉声初罷響水边雲氣作移来小姐茶在此〔旦〕云孤紅把水沉香燒一炷來〔占〕云積火絲須暖寒灰亦自
燃〔下〕丑净上云荷葉團圓秋裡衰亮月團圓雲裡埋鏡子團圓奴房裡照梅子團圓心裡歪〔下〕〔旦〕云長鄉
前腔〔旦唱〕佳期無定天涯夢未成柰露侵双鬢月呆孤
影愁人驚夜冷把哀絃再整。々々々々流水高山誰是知
音錦帳風凄玉窓人靜羞對團圞景。〔際〕君在五雲程。魚
雁迢遥腸斷音塵梗心中怨怎平。眉頭愁未醒漏声不

盡滴々滴々夜長更永々々々[占]焚香上伏爐俯守新愁地但願常燒不斷香

小姐熏炉在此旦云孤紅趁此月明之下去取吳綾
一幅和那牙尺剪刀來我要做一搃业寄与長卿見
我千思万緒常繫心頭也占云千尺豈量方寸苦金
刀难剪別离愁下丑争上云瞿塘吹口奈他消白帝
成頭月子高歆寄征夫書一紙成都門外不通潮。
[下]旦上云你听竹技詞意甚痛驚人好生妻惨也

前腔瞿塘烟冷是場懷第一層况那些々碧雲深鎖綠窓初
靜奈心頭事未明欲緘書遠贈々々々々他道江上無潮沉
々尺素难憑這万里秦関盼不見五陵人迴咳空留下
泪枕胭脂冷咏說甚麼貌娉婷抵死風流博得箇懨煎
病天呵我苦為窮這雖然是困苦程長卿你若取得功名夫婦也應同福
慶只怕今日呵薄衾单枕凄々楚々有誰來偖々々々[占]抽思

扳廛怜針線割肚牽腸足剪刀。小姐吳綾剪尺綉線
金針俱在此了。(旦云)你且留下，好去与我铺着床兒
我欲托此良宵，夢寐一見相如也。(占云)相思一夜谁
成夢，忽見梅花疑是君。(下)(丑净上云)夫戍蕭關，妾在
吳，西風吹妾々憂夫。一行書信千行泪，寒到君边
衣到無。(下)(旦云)呀，好生怪，此行致不覓重有所感
前腔(绛撹儿)(壮介)歌声相應，分明夫戍紫塞城少戍旁，便悲秋楚國
望雲秦嶺，說不盡凄凉景，更西風釀冷々々々々。翠被香
消，綠綺声沉，悶不過雨暗雲愁，空消受月華灯影。那些
箇心中自省。(嗏)這離恨怎支撐，苦苦。只我這裡信难通，只怕
他那裡心难定。更漏長，裁縫羞自整，玉堂靜，寒燈誰
相問。便寄得衣緘，衫去只恐緘封空謹。迢々遠々，雁鴻未穩々々々々。
(占云)寂寞秀屏香一炷，絲窓風雨夢來時。小姐床已
鋪完，月陰将過，進去睡了，明日做完罷。(旦)好生收拾進去

〔尾声〕初心看月消，残病，不道满耳悲歌感興情酩子裡長于付短檠。

破雲遮月忽朦朦　欲夢还愁夢不通
夢后欲知前夢處　一床衾枕半床空

○第二十四折

〔生查子〕〔生上唱〕雄文對日裁到闕瞻天拜〔丑唱〕奏罷五雲開望絕彤芝蓋〔生云〕歲去，愁應改春还爭自來〔丑云〕何須問承相東閣紛紛蔣開生〔云〕青囊不意我淪落不偶竟藉文章之力，得蒙皇上寵召爭入東閣遂楚黄衣老爭我亦大人賊敵之、因以神仙之事感上早間奏過今在金門馬侍詔倘賜披閱必好處你就同家報与小姐知道呀遠來的是瀛公〻

〔前腔〕〔末外唱〕金堤繞碧苔，王樹紛青靄十里錦風來隱

匕穿仙界。老夫昨日護駕出獵，不知相如進賦如何，不免去探听消息。呀，長卿已先在此。見介。外

皇上見賦。生云：賦已上了，聖旨令相如在金馬門待詔，因此先至拱候王音。

前腔 末捧冠服上 皇恩海樣深，帝眷天來早。捧旨下堯階，齊听綸唱。聖上有旨：適見相如之賦，使朕意欲凌雲，深以相見為晚。然非得意所薦，朕安知之。茲拜相如為著作郎，賜錦段四疋，得意賜金十斤，以彰進美之美。欽此。謝恩。末云：先生請換冠服。

駐雲飛 生換服拜介 自顧微軀，寵被君王特來媿。此踈愚在，敢望郎官拜。嗏，万里倦游才。天顏乍愛，直上青雲。一旦莪冠豸。今日黃金信有臺。匕匕匕匕匕匕 末云：楊內相聖上賜的金請收下。

前腔 小外妝金拜介 為舉賢才，數鎰黃金賜滿懷。報國微誠在，何敢當恩徑。嗏，珍捧下瑶階。光生天外。始信文高無限

恩波貸。生云多蒙薦拔来效鄉，珎聖上之恩正當欽受。〔合唱〕願祝皇家日進財。

匕匕上匕。聖上有旨着相如有事咨問〔小外別上開立〕鳳凰樓細看鵓鴿觀〔下生〕伏閣介〔丙云〕聖上問着作郎司馬相如朕即位以来遂遣唐蒙往賓夜郎邛僰不过使其來貢也今遣朕旨畧通與制渠費兵弟巴蜀吏民无不嗟怨問鄉何以治之更閙邛筰之君多欲請為内附卿以何策處置可條对詳啣不得輕議悞事〔臣〕云臣奏陛下。

〔駐馬听〕虜貴懷來。豈可無謀作禍胎。唐蒙不能体陛下之意。致使良民怨望財用虛供撫輕無才。為今之計正宜曉諭巴蜀吏民招服夜邛諸国以擒取唐蒙罪告天下邛筰之君長既欲請為臣妾亦宜曲為容納不可拒絕以孤外夷歸附之誠當今四海尽為家。何妨万国齊瞻戴莫負忠懷從教欵塞。一

匕梯山航海。〔旦占持符郎上〕聖旨到來就此拜著作郎司馬相如為中郎將領兵三千持郎往使

用馳四乘之付郎日辭朝檄諭巴蜀之民以朕意招
安西南夷以入王庭就取唐蒙治罪歸報之日另行
陞賞毋得生事以負朕托欽此謝恩〔生謝恩〕
万歲〻〻万〻歲王事不敢稽遲就此起程

【前腔】〔生唱〕頓首三台。敢露丹心幸帝詔慚媿孫吳將略
衛霍功勲。文武全才。皇風自此掃。氣埃何辭苦鄧行荒
塞看奏凱回來謳歌滿路。還拜九天恩賚。〔小外云〕忽聞天上信戢起
世間情老夫適聞相如出使特來餞送那來的敢是
他〔生見介〕賢弟恭喜聞你榮行在即特治水酒奉餞
叫左右將酒來〔末急走上〕圣上有旨急召楊得意入
朝款問而圖中事〔小外云〕未了〻〻賢弟聖上有旨一
召我不得尽情如何是好此去呵望你早〻回朝
慰朝廷之心二解老夫之望〔生云〕多感〻〻〔小外云〕
將軍不下馬各自奔前程〔下〕〔生云〕青囊何在〔丑云〕才
在宮墻看流水餓徒事馬出都門〔生云〕青囊我今出
使事体你知道么〔丑云〕小人听得符而貴衞点兵三
千相從中郎將出使回此知道〔生云〕吽左右們取盛

甲過來左右晨翻史氏之筆纂握使臣之斧始知李
翻李書不媿能文能武老爹盔甲在此㘴左右就此起程

水底魚兒 耀日戈開。森々劍戟排。紅旗一派。遥從画角來。々々々々。

前腔 衆唱 玉塞門開黃雲覆地埋夷酋皁拜天教飛將來。々々々。

前腔 瀚海雲開威風振紫臺。單于破胆終。教繫頸來。々々々。

天子重三推　將軍嚴若雷
填々旗鼓出　人在黑雲偎

○第二十五折 奸臣悮國

外扮蜀父老上 漢家天子頗承平野老康衢祝聖明争似奸臣多悮国一人生事万民驚 自家蜀父老是也身経兩世太平眼見四朝全盛逍遥自得方期鼓腹而遊豈料供役頻煩不容安枕而卧可柰朝使唐蒙生事畧通夜郎轉中發轉漕運而吏民悲怨用事與法而边釁開端内无忠上之心外有侵華之志禍

奸臣誤國

深不則良可憂也柰何九重深邃四海毒痛懇則深
誠死由上達正是峯頭紅日長安近只有君門万里
遥呀你看來的是何人末云来枉麽來借納徐田園
荒尽尚徵苗公〻拜揖外云老兄到此向幹末云征
下身居田野惟思課子美孫岂料唐蒙通夷急督轉
漕有司承旨甚迫催科早上粮里下鄉雞犬不寧老
身傾家蕩產准折陪償无限苦楚那里告訴正是最
是深山更深處也應无計辟征徭外云可怜不生上
憑君莫話封侯事一將功成万骨枯二位公〻拜揖
小子為唐蒙責令生边畧通西夷因此逃亡避死我
想父母分离妻孥不見渼死沙場好生悲苦正是一
箭天山虽可定不如瀚海早思歸外云遠〻一簇軍
馬莫是唐蒙到來我們且避着
欵避怖狼威且入山中去下
【清江引】淨扮唐蒙帀上隋何陸賈非真使服虜誰能事万里任
横行倚劍崆峒山地【合唱】捧金鍾飲羊羔霜威霽自家漢
天使虽則名為通番实則貪財利巳上不管朝廷下
不念百姓即今夜卯才伏取貨如山只有慹中未去

所催錢糧今日便欲登程不識巴蜀吏卒轉漕奉幣的可曾完備了（丙云）俱已完備了（淨云）如此就行

前腔 糗粮囊橐俱完矣馬上橫戈去飛箭石頭搖神劍

韜中語〔合唱〕凱歌回奏君王宮陛予

此去併山河　功名史上多
只愁金鵲印　無福恭君何

○第二十六折　牛酒交歡

夜行船〔末上唱〕承乏一方為保障應不媿漢吏循良五馬高車二千石俸猶自見人俯仰下官蜀郡太守是也迓者聖上降旨持遣中郎將司馬相如馳傳巴蜀畧通西南夷所到之處无不郊迎下官雖則爵非卑下然分之所在豈敢有違耶到府符知是今日臨竟以此出郊迎候知何故卬知縣不見到來（丑云）卬知縣來了

前腔〔小生唱〕新築沙堤行宰相喜今朝鳳翥龍驤燕交

逢春鶯朋出谷此際歡生遐壤自家臨邛令王吉聞故人司馬相如特部往使道經縣界只得去伺候他聞府尊大人在此不免進去相見[末]云臨邛縣知縣見[末]云買令請起天使將至館舍可曾完備麼[小生]云老大人天使乃知縣故人必不討較[末]云王知縣言之差矣辦則故人今乃君命乃天使也敢不敬奉一定要遠接你須負弩前行[小生]云領命[末]云吩咐這鼓吹喧騰車塵靴眾想是使車已至須要遠接不可遲慢[小生]應介

【前腔】[生]唱馳驛擁旄為大將急王程帶月披霜水泛之仙槎星隨役節万里獨專扃帳叫左右這是那里縣界了左右云稟將軍臨邛縣了[生]云怎麼不見迎接官來[末]云那遠遠跪的就是生你對他說此是將軍本郡大守不必郊迎縣令不勞負矢衆官亦不許遠接俱到驛中相見[淨]云都亭長接老爺[生]云免去着府縣官叅見[末]跪介[生]云請起此是下官本郡不勞爾礼[末]云不敢[生]云一定請起小生進跪介[生]亦跪介[王]祥甫豈有故人不貴而貴

中郎將者乎一定請郡守公同坐一坐下有心曲之言奉告小生云公祖大人請坐末遜坐介生云公祖大人不意下官有今日

刮鼓令𤙖初想當時不遇倦游梁感我王兄書召過臨卭似故鄉昔日都亭曾抵掌無限心情共此觴誰知今日阿衣錦得还鄉亭前風月依旧揚故人滋味更添長合唱風雲會不可量謾誇旌旆爛生光情懷展咲語香誰言國士信無双末云天使大人今日榮華至此地是積孝使然從今后

前腔持節去拜中郎奏凱回入帝傍出將功成帰復相孝劍攻書並有光昔日今朝事已不同功業信行藏麈中傳含插鷫鸘人間酒肆寄仙郎合唱風雲會不可量謾誇旌旆

爛生光情懷展咲語香誰言國上信無双生云正是我有一句話兒央你小生云有何見教生哭介徉俺你知道么前腔當日事謝嬌娘肯相從作夜七儘恁顛連不斷放害盡嬌羞病梵場小弟只為功名心急把他病軀不顧如今呵不知他生死勢难量欲倚国家一看又因王事在身如何是好空懸望眼愁断腸未知何日始帰鄉專望吾兄呵相怜念賜慷慨週全汝嫂旧糟糠異日還朝完娶之日當膺拫一拜堂太山高義為君揚小生云這箇何勞分付小弟就差人去唆長卿我与你呵前腔膠漆愛旧恩長喜今朝掛錦裳說起尊嫂之事其実可喜我不是水人當受賞惟喜梁鴻得孟光長卿既有委托小弟敢不奉命心事願相將泥金敢憚奔走忙即看飛騎到華堂管取尊嫂呵愁

眉翠喜色黄鳳簾捲試新妝金閨啓錦席張歆看金印

咲迎忙（末云）天使大人孝生先告辞了王縣令还有話講

憶多嬌（外上唱）司馬郎怨未降滔女當時惱夜亡肯信

今朝上玉堂頗自羞慚猶恐前愆怨未忘（老夫卓王孫向年怪女文君不肖徃随司馬相如及至臨邛當垆市酒貽耻不端豈意一旦高貴令人切仰下鳳今日果然出使高牙大纛建節都亭万民瞻仰衆官趋拜真箇好男子也天呵懊恨我女兒當時何不早七配他既不見一場醜事呵死有今日羞慚正是有眼不識好人再不要說了我今特備牛酒艤迎以爲交歡此間已是駙郎所在不免央亭長通報一声却不是好（淨出介）你是甚么人在此喧嚷（外云）我是老爺的岳丈（淨云）如此待我通報稟爺〻岳丈老爺在外面（生作驚介背唱）

滴溜子（生背唱）吾何有〻〻〻太山岳丈何曾做坦腹

東牀是了這是卓老來趙炎了酒垆中原何絕望呵如今都亭見鄧時
你忙來纏障罷罷當初他也曾那些財帛來占人一飯不忘況親連衣葛豈無情旧日綿
袍猶存片想正是君子不絕人已甚請進來相見公祖大人此老無各真父實為寡恩今不見他
是孝生薄幸了末云則見天使海潞生云王祥甫這
还是我配他女兒不是小生云這是天作會合與兒
何干外云老夫卓王孫持來拜見生云岳丈
請上待小生有一拜外云不敢不小生勸介
和佛兒 生拜留 記得當初醉錦堂筵歌沐寵光來到后酒
垆忍耻垂賜濟空囊郎欲連門拜謝又恐峻門防外云不敢生今日這拜呵
少報答昔日恩情未敢忘老先生如今令愛好去看他了外云一送天使蒙行就去
請回專待歸來拜納門下何來有失看待老大罪甚因此特奉牛酒為歡王父母太人
前腔 堪羞老漢沒緣當風流不識儁才郎因此之故遠來荊

請塵驅拜仙裝瞻望沐恩光【合唱】須知道富貴榮華一旦儻富貴榮華天下香【末】小生云老先生若請令愛我府縣添差人夫防送前腔寄語孤幃天一方父子早成双旧情休念骨肉求無傷喜氣滿華堂【合唱】須信道富貴榮華一旦儻富貴榮華天下香【末】小生云老先生既時遣人【外】云明日遂行只怕小女見惧不回負了朝使重托【生】難道父命不從他治回時辛多道意相勿坐悞歸期不悞終身所托不久还朝便當相見【外】云老夫拱听【生】云公祖先生朝廷此使一款撫諭巴蜀吏民以唐蒙畧甬生事非君上之意一款往招印詐冉駹諸夷使皆内附那一張榜文好着人廣示不孝生就此拜辭【末】云頗須用【生】云叫左右天色已暮攢行前去【末】云知府不敢啓齒暫出使軺今晚都亭少憩如何【生】云下程有限㪷然不敢列位請回罷【末】云一定送至郊外【小生負琴】前行介

双声子仙騶動ヒヒヒ旗半捲鼓全响郗亭遠ヒヒヒ樹月瞑月初上穿林莽ヒヒヒ渡海航ヒヒヒ看帰途列炬去騶焚香館去（旦云）罷鸞尾声山岡阡峻川泥漾車馬無愁客路長不怪寒星漸渺茫（下末小對外云）若先生念娇娥則懐債自家还要老成不可因心（外云）老夫者敢（下小外上云）報ヒヒ小的是京中探子親齋文憑來報王老爺高陞了街史大夫（末云）有這等事恭喜ヒヒ叫庫吏取白良十兩賞那報子就送王老爺進衙院（下生辞）（下介下）

窄狹無如仕宦途　朝來低首暮高呼
誰人肯把功名棄　軒冕泥金称丈夫

○第二十七折　蔡揖西还

臨江仙（旦唱）江空樹遠彤雲渺倚欄凝望心焦夫君何事去迢ヒ芳緘無使達双泪付鮫鮹（如梦令）剪头綿帶隔哄一曲舞鸂歌

迎接文君

鳳長記別伊時和泪出門相送夢〻〻窓外梅花
風動奴家目別長鄉時光易失風月難消綠窗夢冷
侃鸞帳而環鶯秦嶺照遥望碧雲而目斷迴腸一日
九煎剛抱終宵千遍聊夜寒燈吐蕊好夢牽情想有
佳音到來目叫孤紅出來教他尋
問消息一回悠〻少是好孤紅那里

前腔 占上唱 熏炉撥尽寒烟渺可怜翠被香消倚欄闌
喚小紅嬌要知心腹事。多半為文蕭 小姐叫孤紅不知何話說 回云孤
紅你知我心中事麽 占云小姐有事說与孤紅知道
回云長鄉遠別愁悶紫牽握手无期懷心目切好生
掛念 占云小姐不日想有人回不須愁損 末外上云
路遠行來急官差恨去遲 白家臨邛縣差來皂隸 回
接司馬夫人訪得此目是家裡裡无人在此不
免敲門則个 回云孤紅你看外面是誰敲門

紅納襖 莫不是催租人錯過橋 占云我家素无官員不是 回唱 莫不是
遊春侶邀欢咲 回云小姐又无旧約郤不是 回唱 莫不是遠來水火争

門閑店云我家又非村房酒店不是回唱莫不是近過墻醪喚語高店云小姐未曾乞假不是待我再听旦唱听一声驚魂易飄忖一回愁心乱撓又不是相府侯門我這冷落深閨也那人兒怎浪敲旦云孤紅問一个端的才好開門店云敲門的是誰末淨云我是鸦印縣差來的皂隸旦云呀事有古怪孤紅目不要開門你可去問他

前腔莫不是報泥金枉這遭莫不是急征徭錯忍了莫不是禍无門忽地從天召莫不是福无端有喜在今朝因甚來此末淨云你老爺奉朝命出使道經本府相見夫人之父卓老相公教他來請因此府縣添差人役在此迎接旦云有這等事

前腔听一声悶懷忽消問一回愁眉頓掃須信道席略

龍韜終不能困英雄也豈是區區兒女曹孤紅着他在外吃茶仔細問一个端的既是卓老相公來請如何不見他家的人[丑云]呀道尤未了喜紅姐也來了[淨云]爲家先十日做梦有十遭自家老相公差我來迎接小姐訪得此間是他門首不免竟進去見介呀小姐々々夫人々々喜紅磕頭[旦云]你為何到此[淨云]容喜紅告稟你家相公做了官打從臨邛縣經過那个不称羨他

前腔他戴的是紫金冠更有那貂蟬耀穿的是緒紅袍坐的是五山轎龍旗帍帳却向馬前迸錦旃羅傘又早車上飄我家老相公呵為見了駟亭中新婿嬌就把那酒壚中舊恨消因此上命咱千里來相邀也乞早登程上紫霄我不去一般樣的女兒當初把我甚底凌賤如今誰要他來接我[丑云]小姐炎涼世態都是自家中起一定要去想如今不比旧時了

[旦云]孤紅你不知我

前腔我雖只是見爹行到僧着俺閑煩惱雖只是覆荣途反被人称咲旦云他咲些〻甚么來旦唱他道這扁所后静悠〻會听琴的夫人到他道這酒肆中假惺〻會哄人的小姐喬又說道這當初離洞房。一双脚這當初跨墙頭一捻腰只管啷〻嚷〻那些箇迸咲迎歡也悪姻緣恐這遭淨云小姐你若不去好不辜負老相公一片心腹他如今另設一院派下家人分付衆奴婢們小姐向來切不可題起前事倘者重責這等看待你如何不曰去占云侍孤红怎么淨云也有金釵賞你勸你當初引了小姐出來致有今日占卒介你敢笑旦云孤红你着皂隸們俱到南門外伺候打点行装就起程罷占分付介衆云皂隸不出門夫人不上轎小外云開門〻〻占云是誰小外云本縣王老爹聞得夫人回家特差人相送併奉盤費在此旦云收了盤費人夫在南門外伺候丑云胆大心偏細身粗脚自長自家于小二妻聞得司馬夫人回家特來相送你所他家中喧囋想是就起程了不免進去呀夫人〻〻恭喜〻〻聞知你回府特備此博礼相送（旦云）于娘子此承惟愛未得伸謝厚礼断不敢受（丑云）小姐行裝已完就請起材罷（丑云）夫人礼既不受遠送當三杯（旦云）送到來借絲兇升向如（丑云）厚恐〻〻小姐你家相公如今做了官自有來了不要罪我（旦云）于娘子既承你相送可就請先行（丑云）夫人請（旦）（丑行介）（旦云）孤紅這條路我与你當初呵

【大迓鼓】相隨月下逃明時白袖暗裡青綃更心驚胆戰前途去也重怜遭寇病笳囹〻肯信如今歡過画橋（占唱）

【前腔】（小姐）須知福分高喜春風重到花萼还嬌看芙蓉城裡彩鸞飛也錦江元自上春潮昔日金閨重掛鮫綃

【前腔】（丑淨唱）從今福正饒看鳳冠帰舍帏帳还朝使佳

人才子美無双也人間天上共逍遥香車宝馬重過画
橋[末外乘上云]稟夫人各處人夫俱在此請問不知下那一隻座船[旦云]我在卓家船上你們防送便了[于]
娘子請回罷能有勞了[丑云]夫人路上仔細
相送仙娥下宝舟　今朝离別不須憂
一帆風送長江鷁　知入雲霞最上頭
○第二十八折　招安絕域
[水底魚兒][生領兵上]仗節開関長風万里開堂朝使此去壓
諸蛮ㄑㄑㄑㄑ叫左右朝廷所諭之事一則機諭百姓二則遣取唐蒙三則畧定西夷今日已到長
地天先着本処官員開示榜文欠者挐下唐蒙才可通夷司亦處官員過來[外小生云]只因天攸大显得
地官婢婕為太守越嶲太守見[生云]俱不必我出边有二事托你一者廣播朝廷得意隨張榜文二者嶲
敢唐蒙積麼待旨帰郎施行遠者叅究[外小生應介]
[生云]開関去[衆應介]丕壘城边去上門関外行下争

丑扮卬作
眞長上
【前腔】氈幙腥膻沙塲夜不寒胡笳十拍〻〻何月中看〻
〻〻〻吾乃卬箚冉駝二大王迎闘夜卬𫌀中与漢朝通多得賞賜俱為内附向遣通事奏知也要李他事倒若不容我便殺將去呀那遠〻來的好似中国人哆
【前腔】〔生衣上〕不斬楼蘭旌旗誓不还輸情招虜帝旨馬
【前傳】〻〻〻〻〻叫通事過來〔小生云〕慣行異国備何力會听禽言公治能見介〔生云〕去通与卬箚冉駝二眞長知道漢皇帝聞你誠求内附心甚喜欢特差天使在此你若可容置那樂當歲賞金帛倘或不從大漢就起兵來了〔小生過〕寔介淨丑磕頭罗拜介〔生云〕既除卑遠関〻〻一斥叫左右取那賞賜的錦幣于端黃金万兩即其所屬之地西至沫若水南至牂牁為徼通灵山道橋孫水以通卬笮衆受金帛磕頭罗拜謝介〔丑〕唱前曲下〔生云〕大事已定起程去罷

十七

前腔斥道除關華夷共一天不須三箭瀚海靜波瀾ヒ
ヒヒヒヒ外小生云喜見風雷動俄看弓月明聞得天使收边回了就此拜接捷為越嶲太守拜迎生云前者分付二事可曾完庅外小生云檄已出諭父老死不感泣唐蒙已着人隄防了生云事既完集且待進表上陳以俟聖旨定奪外小生云天使大人边塞風霜請到貴衙少憩明日啓行生云這不勞得就要屯兵牂牁郡去一應官員不須遠送外小生云近看旗影增欽德遥覩車塵起畏心下生云左右快起程
前腔萬里關山垂鞭唱凱还玉堦金闕齊看拜呼韓
ヒヒヒヒ

三承王命出瑤京　一ヒ從頭報紫廷
不是小臣能伏虜　漢家天子自神明

○第二十九折　花朝舉觴

步蟾宫外上唱門闌多喜春重到更蕙壽域逍遥不妨

綵酒醉花朝人人共青山老养子不肖父之過不如养女身受富不肖空冷作馬牛受了
富貴能耀門戶我卓王孫家資富足身康強
二女所不足非財也可因長女文君不肯而家相如
深以為恨豈知近日得官道經臨邛自家只得獻牛
酒文歡喜得文君已回相如不日還家我的面皮何
等榮耀前日已曾吩咐造一院款分與文君一應財帛
田產俱與男等如今打造已完此花朝月吉特備
喜筵一席送女歸院早上已曾分付庖丁不知可曾
完備庖丁何在淨云來浸末羊奔到半場打狗不
着猛子燒湯自家跡侵表字椒廚近呼一号帶毛
皮辣慢告相公爺鯉以淡冬一刻云怎說以淡冬爭云
水冷的外云一嘴左右打嘴淨云老相公不要打嘴頭
外云可惡快去整台來湯水須要像模樣淨云湯水
要像模樣一味濃鹽赤醬下外云叫春英去請大小
姐秋芳請二小姐鴟鴞請大叔到茂春堂飲宴快來

前腔旦占唱陌頭柳色鶯看早正晚妝樓上無聊占唱
忽听窗外語相邀來赴花間召旦云孤紅奴家自前日回來郎蒙爹爹款待着

造別院与我居住今日又設喜宴想是送我入院但
不知長卿音信々々掛牽爹々已在堂上不免向前
相見〔占〕云待我先行〔旦〕云怎麼到是你先行〔占〕云若
不是瓜紅帶牽尔那有今日却不是我先行去吃第
一府〔旦〕云這丫頭又來取笑
呀你看妹子兄弟也來了々
前腔〔旦〕〔小旦〕春藏步帳花開早喜雲鬟翠髀香綃姐々万福妹子
免礼〔小丑〕讀書未得換青袍孛得猫兒叫〔旦〕云兄弟猫兒叫怎麼說〔小丑
小丑唉云呀々々呀大姐你為何這兇日為何越瘦
了想是兇抖姐夫之故我劝你今日爹々設宴把那
肥肉多吃幾塊補一補〔旦〕啐介油嘴毛頭爹々在堂
上快去相見〔丑〕應介〔旦〕〔小旦〕云爹々万福〔外〕云大孩
兒免礼如今你是夫人了〔旦〕云爹々在上孩家与妹
同泡豈敢与小貴自尊〔外〕云孩兒有理我言之謬矣
小丑云爹々孩兒閉眼〔外〕咄云怎麼閉眼〔小丑〕云一
箇釘々在裡頭夜不出哩〔外〕云畜生你道我奉承汝
姐你怎不学他丈夫做官〔小丑〕背云這也容易我也
随了一个漢子走了故得官時也是一个行夫人〔外〕

〔云〕大孩兒我為你另造一院俱已完備今日是个吉
月又喜花朝特備酒席送你〔旦云〕多謝爹〻〔外云〕孩
兒今日韶華更覔倍僧画楼東風裡燕子帰來尋旧
壘余寒猶峭紅日薄浸罗綺〔旦云〕瀲草方抽碧玉茵
細柳輕拂黄金縷鶯囀上林魚遊春水兇曲闌下徧
倚〔又是〕一番新桃李〔末云〕佳人應怪帰遅梅妝旧洗
〔旦云〕鳳管声絶沉孤雁望斷清波无双
鯉雲山万重寸心千里〔外云〕看酒過來
【梁州序】雕軒花嫩瓊林鶯小。正是東君未老滿簾杂影
翩飛社燕尋巢。忽見狂風掃。徑小雨滋苔惹得芳菲惱
錦堂春透。也管絃嘈。看酒暈桃花滿面嬌〔合唱〕紅袖舞
玉樽倒。何良辰美景同歡咲。真楽事勝蓬島。
前腔〔旦唱〕綠窓飛絮瑶堦。芳草。点綴春光空好。朱絃已
斷。何時再續鸞膠。争柰翠綃封泪。罗袖分香新恨縈懷

抱黍楼何處是碧雲繞懶向花間听鳳管〔占云〕小姐老相公在上不必感懷。〔合唱〕紅袖舞，玉樽倒向良辰美景同歡咲真樂事勝蓬島前腔〔小丑唱〕惜風光簾幙春宵惹風花池塘春曉看双飛旧燕認巢歸繞怪得落花芳。磵絲樹蒼雲不見劉郎到笙歌歸院落枉春朝〔占唱〕却教我，翠袖含羞捧紫醪〔合唱〕紅袖舞，玉樽倒向良辰美景同歡咲真樂事勝蓬島前腔〔旦唱〕画楼前黄鳥声交鬬鞦韆外絲楊烟渺。看朱簾半捲玉容重到喜那多情皓月着意花枝咲引金樽倒去年人面也旧丰標只恐風流減楚腰〔合唱〕紅袖舞玉樽倒向良辰美景同歡咲真樂事。勝蓬島。

〔外云〕孤紅過來，我賞你一杯酒〔占云〕謝大爹〔外云〕你好生伏侍小姐，晚月老爹回來再賞你。叫左右与我擡下金珠錦繡五十扛，点差家童侍女二百人，送小姐歸院〔應介〕

【鄭〻高】紗籠燭影摇赤欄橋，仙香逓引金童導，行芳沼過碧桃，經雲嶠瓊樓玉宇人难到。王孫富貴人間少。〔合唱〕看取堂前錦衣歸，共拜一封丹鳳詔。〔帝云〕老相公，夫人，院中已到了。〔一〕

【前腔】朱門映水遥，咲声高雲髮綽約天人妙。風光好，簾影摇歌声杳。花臺椰謝東風巧，流蘇帳煖春雞報。〔合唱〕看取堂前錦衣歸。共拜一封丹鳳詔〔尾声〕人歸別院笙歌鬧，看天明曙色漸高，明日開筵莫憚勞〔外云〕孩兒，此是內室，你進去整頓点撿物件仔細。

錦步承行踏落花。親恩珍重惜嬌娃。
侍兒群咲搴珠箔。共指紅樓是主家。

○第三十折　唐蒙設陷

探春令【淨上唱】怒從心起怎饒人為冤家難忍思量欵把深仇恨不得究業盡【下官武功將唐蒙是也向為夜郎僰中諸域未安朝廷命我招討其实存心不忠借托通幣刻剝民財不意為朝廷所知特遣司馬相如持節來諭巴蜀。一面招安西南夷一面乘机擒我今西夷已定我已為邛縣稽禁在此思量計无所出自家左右壞了事喪了身矣這仇也不得不報我有三計在此不免喚手下善謀的梅盛林出來与他商議却不是好梅盛林那里【丑云】既能善謀又能善斷由你鐵漢也做兩段不知恩主喚我有何鈞旨【淨云】你可認得司馬相如否【丑云】小人認得近日領兵臨邛有富翁岳丈卓王孫的他便是【淨云】正是此人着手〻〻我的事体你曉得否【丑云】小

唐蒙設計陷長卿

人怎么不曉得。這事全是他做出來的。净云我兒過來有事与你計較。一要差人到卓家說相如被害。以此驚動文君。他父親極勢利的。聞此信。就要逼他嫁了。此是誰去的。丑云小人去的。净云一要差人入京。多使金銀傳言相如在西夷壞事。朝廷知道。必來拿他。這是何人去。丑云孫孝去得。他有一个的親哥哥做內官。一去就停當。净云這个好。朝廷有一件要到相如跟前。只他妻子一病死了。又說朝廷聞你通夷受貨。郎便差人來拿你了。二者之間必中一計。這是誰去的。丑云這是陳奉去得。净云我兒你好。中得我意。也會幹事。若成得事時把一半家私分語你。天呵。

【泣顏回】美假要成真。到臨邛。誘嫁文君。攪乱朝廷心變。酪子裡醞釀夭星。使鸞鳳離別。要時間打破他姻花陣。竟未知。一朝生死。說甚么萬里功勳。

【前腔】【丑唱】休說宝和銀。北家么唖手平分。但能消除君

怨這便是啚報君恩[淨]云不要走漏了消息[丑]云這个不消分付得我机深意
深看偷天手段無如您他那里糊不單行俺這里到福
自双生。

舌上生飛劍　心中起毒蛇
慣能傷性命　極會敗人家

○第三十一折　文君信讒

【破陣子】[旦上唱]極目長天秋暮暗烟微雨模糊[占唱]怨
聽嘹嘹。雁飛度絶塞音書寄得無空伶瘦影孤[旦云]合歡未已
離愁繼相見死多會面難[占云]只有青山消瘦劇近
來添得淚痕斑[旦云]孤紅自從前日歸家每蒙爹爹
看待只是想着長嫏无限煩惱長嫏對爹爹說叔叔
回來挈我入京知何音信日久不知端的教人商闘
而望好生愁悶你隨我到爹爹那里去央他遣人打
探一回消息多少是好[占云]這个使得小姐先行奴

家隨后說猶未了。
老相公已來了
【謁金門】（外唱）人家酒養女，今日悔生兒。閥閱音伐音悅爭輝人助
喜，風流美婿，仙旌指回輿。（旦）自家卓王孫兩日不見大孩兒，心中思想，不免去看他一
回。呀，孩兒到与孤紅在此。（見介）（外云）孩兒，連日好麼
（旦云）孩兒蒙爹々如此看待，有何不好。只是丈夫不
見回來，心中煩惱。正要央爹々差人訪問一个消息。
（外云）言之有理。我也有此意，就叫卓然去打听。（占卓然）
何在。（末云）卓然々々就在眼前。老相公有何鈞旨。（外云）
你去臨卭郵中訪問司馬老爹邊方消息何如，速來
回報。（末云）小人就去。眼望
旌捷旗，耳听好消息。（下）
【唐多令】（丑唱）扎寨關心不可忙，到賺人頭路。（占）自家梅盛
林，承恩主唐老爹之命，謀害司馬相如。一面已着徐孝陳奉往
朝廷壞事，边塞行謀。一面自家到臨卭縣哄報文君。
因此設一个抄化，若到他門首，將机就机。此間已是。
不免叫一声。老爹々々，可憐梅盛林抄化些錢兒。（末

丑云這抄化的不許在此放刁丑云院公可怜我流落的軍士末云旦住我問你是那里來的丑云我隨司馬老爹往夜叩夔中因老爹受害我只得避难迯回來咄不介我家老爹不日就回誰教你在此胡說不不走丑云莫言明月釣不上捕魚舡下才報个老相公小姐不好了外旦驚个怎么說末云小人才出門撞見一个求乞的軍士他說道隨司馬往叩夔因老爺受害自家避难逃回小人闖知持來通報外旦云你去叫他進來末云被小人赶去了外云孩兒不知虛的且莫要驚我自去問王知縣再叫卓然去追那軍士轉來問他一个的信旦云全賴爹〻仔細一訪末云小人就去下旦占吊場哭介旦云孤紅我夜梦不祥精神恍惚不意有此凶信果有此事教我怎生是好天呵好苦也去年今日別君時忍泪含羞一送之肯道關河烽火隔等閑燒斷合歡枝

【桂枝香】鸞交已解琴心何在空驚地闊天高埋沒文章沙塞香燒斷頭〻〻〻羞殺情山愁海一朝填溢哭

多才了却風流債，番招富貴灾。

【前腔】〔占唱〕千金誰買，百年誰待，從來好事多磨，今日姻緣難再。含情泪洒，ヒヒヒ羞殺烟花，易賣家風徒壞，哭多才。枉負風流，思空登富貴階。〔外云〕不聞天外信，焦慰閤縣那里去問一端的。他尚不知道，想此事决无。若是知一然呵，你也不要愁煩，我自有區處。且随我到你那兄弟處散悶一回。〔旦云〕多謝爹ヒ，孩兒身子不快，不去了。〔外云〕明知心腹事，兩下不開言。〔下〕〔旦云〕孤紅，你曉得爹ヒ之意麼？〔占云〕奴家不知。〔旦云〕也罷，我也未要說与他知道。

独有春風恶劣，慣把嬌枝吹折。
一發將花柔碎，問他怎生輕别。

○第三十二折　相如受紲

【宴陳平】〔生上唱〕霜冷戍樓寒，夢遶長安，思家又与天共

淒無柰悲心兩處懸使鄯邊城自捐闕君書何事望來稀朝中怕有奸雄在不使功臣掛

紫衣自家叨蒙聖上垂委鄭旄招安西域擒取唐豪郎今卬符冉駝諸国虫已歸附唐豪虫已稽欵但上表請旨未蒙勅諭不知何以處之淹留日久事有可疑不免心中煩惱一面思量文君病体朝夕憂惶不免先差青囊往探待自家还朝相帶入京有何不可青囊那里丑云只為離家久衣裳破碎多老爹有何鈞旨生云取筆硯過來我要寫書差你回去丑云筆硯在此

【啄木兒】生唱相如罪有万千錯把旧日臨行語話顛道成名趁早回家豈從邊不能相見怕別來病体梳妝懶怪衡陽雁杳增新愁使万里関山眼望穿

【三段子】都亭去年你親前曾附言只怕你未釋旧愆尚在城都守故園青囊你報与他道我如今學劍名終顯兩全文武初

酬洲頭。尔便不至臨邛也指日帰来恋錦鴛末云一身都是揌滿口尽胡柴自家恩主唐老爹手下陳忠的便是令我詠哄相加此間已是他轅門假壯一个賣箭的人撞進去待他盤問之時自有話兊動他軍士毎要賣好箭麽叱咄介你是甚麽人不要這擅老爺在堂上末云不妨得老爺也是臨邛人我認得他的生云左右的外邊那這擅的拿進來拏見介生云你是甚麽人敢撞入轅門末云爺ヒ小人是臨邛縣人賣箭的生云既是臨邛人你家住那里末云將軍听稟

帰朝歡西郊外。ヒヒヒ九鳩樹前生云為何到此末唱聞得將軍鎮此邊疆敢來望ヒヒヒ。貴眼一看生云這箭我軍中也用得你可認得卓王王孫家裡麽末云想這个小人認得家近栢臺書院生云他家裡沒有事麽末云小人不敢說生云你說何妨末唱听他家小姐今受蹇生驚介怎麽受蹇末云一朝病死花零片生云你曉得小姐却是那一个說道將軍旧有緣生哭介我妻你若死了呵

三煞子我教說甚旧緣。索斷肝腸。心自酸做甚好官便待回來骨肉殘痛追臨別熬煎道我回。好何孤墳真豈料直成未訣言末云老爺不須下泪小人說得不是了就此去罷王云也罷我箭也不用了賞你一兩艮子去末云多謝老爺此諜負是箭直使綉肝腸下末云在朝死有士専闘失忠臣在下親承聖旨未責怛如這是他衙門首不免直入。圣上有旨蹤听宣讀皇帝詔月朕因夜卬楚中為唐家生事故遣司馬相如往彼招安何知復滯朕諭多得西域金蘇致令諸国怨望甚甚為誤旨着彼處有司郎便濫事辨京兵在官行資不許騷擾本處欽此王云不可相知有何負国朝廷這様待我。

前腔孤忠敢辨，天王聖明臣罪淺罷罷罷。豈不道狐免已懸走狗當烹不待言彩雲易散何須怨天枉輸一个忠烈漢怎得消洒参臺隱居民臣云天使大人差像今王做那官有何用

前程誰还錦、ヒヒヒ、而車錦韉掛紫拖朱服卜宦誰还
頭边風塞烟、倚劍横ヒ、戈萬里天州如今黑沉ヒ宦海迷津
轉蝇頭蝸角何須恋千古功名一弟連尾声從今六月
飛霜霰。一日蒙冤四傳盆。日終难春再暄（外下）
【醉落䰟】（末上唱）可恨奈肝險。把忠良逕陷教人怒氣中
冠自家祥祠太守是也聞朝廷有指将相如襤車解京
比必唐蒙設陥之故不竟心懷甬憤然乃朝手之角
不敢有違且進去見（見介）祥祠太守見（生云）請進來
吽左右討小帽來青囊你不要在此了。你可消ヒ处
回直到臨邛訪問小姐之信他若不死不要說這庄
事倘然死了到坟上拜哭一回我若不死獄中這窮
骨頭必定与他埋了一處（丑哭介）相公小人去了放
心不下怎生是好（生云）我児你不要啼哭。大爺知道
連你也带住了不如趂早出罷（丑云）好苦也根看推
出去魂斷欲相随到晚抓亭宿哀ヒ哭句誰（下）（末上）

貝住生云郡守公孝生彼贊行將送入檻車此位是古之常事就將檻車過來末云豈敢生云今推大人我只怨當初讀書做甚么

大聖樂犯讀詩書番上高竿美筆如鎗惹禍端刀筆却寄龍泉劍玉硯水起波瀾說甚么鱗甲胸中見空使繃獄吏看郡守公小生自從离家兩山雲斷海氣連嬌妻生死見无緣使我今日可團扇內扞衛尚丈夫流泪破朱顏珠云辟章不必負賤

歎然自道前腔混淆高必辨芝蘭着鳳終須勝集鸚雲開自有青天見着主聖種臣賢酬將天將大任行當念苦志勞形暫受衍還多愛車八牛生本体說下場言口佛

一竹帛鑣終看還請衛夫

十六

乙炒玄

淡月清霜然亻尒

○第二十三折

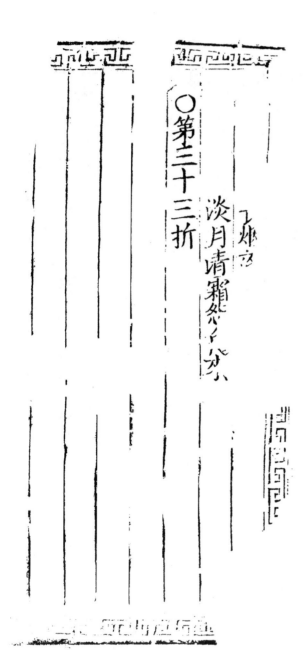

截髮逃難

新刻音註出像司馬相如琴心記卷之四

○第三十三折　截髮逃難

【謁金門】（外上唱）蟾宮開未穩，空尒住天孫，可怪牛郎，已殞，愿教別箭，重穿孔雀金屏。老病无端惜暮年可恨尒恨日芋上如今也有
閟與日不復都亭拜馬前自家卓王孫當初悔識相如他特斷往使之時只得献牛酒以交歡誰消這畜生輕薄言詞盟实教我甚难為情那時无柰只得隱忍本啚他高貴荣華所以低頭忍耐豈料边上壞事今為朝廷所批不竟出我嗔氣如今我那不肖女孩兒只得隨我張士了見有田太尉鼓盆歎思續絃昨日着官媒來說已曾許下今日行礼明日成親覌其勢方又大偶閑又称他道俺敢不從便是那畜生同來這門情狀我也不怕他不免喚文若出來对他說只說相如已死你自打点嫁人看他如何文君那里

【菊花新】從知边信日銷魂病身嬌怯懶開門忽听爹行

声唤紫唱〔占合〕除非大將已回軍。〔旦云〕錦字書封了銀河雁去遲〔占云〕只愁閨路
隔不得到遼西〔旦云〕奴家自開函信之后不覺精神
恍惚病体懨懨一睡着來就夢見長卿抱頭而哭又
不知愁思所收又不知果然死了爹爹無我想是知
他真信不免向前趙問則个爹爹莫不是長卿榮还
了〔外云〕相如已死了說甚榮还他若不死必定一門
受累如今幸得田大尉失偶在此求親看他富貴如
山威名以每若得嫁他說那受用不盡我兒你意下
如何〔旦云〕爹爹差矣長卿生死未知端的何故出此
傷風敗俗之言不想出落了頭頭當初書主初死之
時也便是這般句話兒〔占云〕老相公當初既不得為
貞女如今必欲為烈婦豈可復失身于人〔外云〕討
死來凡百事都是你做出來的先把你打上一頓看
他嫁不嫁〔旦云〕爹爹息怒不消打得聽憑擇日成親
便了〔外云〕好好你出此言方為孝順我去与你打
点粧奩正是喜看乘龍客相請引鳳人〔下〕〔占怒介〕小
姐你方才此言敢是忘了相如了〔旦云〕孤紅你不知
我意我見他要打你故將此言哄他如今事已迫矣
快取剪刀來待我將頭髮剪下就与你做入山去便

[了占云]小姐既然如此待我取剪刀來我也說不得了[旦哭剪介]

【香羅帶】追思結髮人、空冷鬢雲長娟青絲痛剪偏怨君篸短長自有人知道也、空落得哭殘春我的頭髮我從今剪去除怨根。那些翠綰雲鬟也、共倚脩眉待画人。[占哭介]好苦我也剪

紅【前腔】堪怜指上痕、輕隨斷雲、双飛蛺蝶愁怎分。金刀落處暗消魂也、青絲縷亂紛紛小姐怎能勾蘭房膏沐。時様新盤龍綰鳳。双双也、同傍妝臺點絳唇[旦云]我与你竟到娥眉山中小巫山庙裡去罷[占云]小姐此去不多路出城數里便是我和你從後門一路齒徑中行不要与人看見了長娘當初為你离香閣今日因君过野山[占下]

[小]旦扮占尼姑上霧搭黄罗蝬雲裯白玉冠野烟溪洞冷林月石橋寒自家尼姑適性在娥眉山中小巫山庙裡出家之后比丘尼是也一心清争两手般依風

月情懷烟霞態度曇鉢清泉每去散為甘露山今余
敏當將施作天花菩提樹神談玄忘補朝陽衣納頃
縈經遶入定搜空透笋之衣芦岳高僧一別忽經數
聯茅山道士望來已開三花心中進出百和香下
山門人〻驚看頭頂上現出九光〻開佛殿个〻忙
絲爭掃松關閑照碧潭派影頓開竹徑欣尋紫竪偕
踪小行者年死二八每道塵心太師行寿有三千久
离妄想珠幢遠立祭咎綽約風吹罗漢宝磬頓敲石
培透遍路遶金剛既謂鎖骨菩薩化身正要灵感昭
應發菩提念捨身如來轉世徧能慈悲普救超度筏
心尼姑色相如此正是揚枝一滴非消渴極作山河
大地春你看那來的婦人幸上行動好似大人家出
來的且待他到來必有話說不
免將山門前掃淨再作理會

前腔〔旦占唱〕行尋野廟門青山白雲金蓮細踏古道塵
將奴一念扣灵神也今受难為何因佳人薄命苦海沉
使我奔走荒林也滿耳哀猿和泪聞恨別和橋楊娜泰漫尋迷径暗傷神

相逢怕說他年事露泣荇愁下苦、孤紅此間想是
巫山廟了不免徑進則个呀師父少礼（尼云）娘子請
坐徒弟看茶來（旦云）黄藕濃雲冠青烟絳節篇龍品流
巫峽外名籍紫微中師父茶在此（尼云）那位娘子爲
何不坐想是名分所在（旦云）師
父奴家遠來相投一言难尽

三仙橋堪冷兒夫薄命為朝廷遠戍邊陣（尼云）原來官人是死难得（旦）
因爹改嫁苦逼諧秦晋（奴家事出無柰為此）剪香雲忙投奔願把
罗衣拂旧塵（只得來投你奴家好苦也）死不見我丈夫身生不得与
親人近（奴家看這里景致可）像一个望夫山（似我却少少）沉沉眼昏那些、
箇道遥谷揔帶着九嶷冤恨（尼云）娘子真个好苦也那小娘子也剪下了髮莫不
是官人的次妻（旦云）師父你不知道（旦哭唱）紛紛兩泪流來兩處紛紛非似我
哭丈夫的情分（尼云）這等說起來想是隨從娘子的為主毋而然一發难得（旦云）我們二人

今日特來拜你為師父〔尼云〕你要做我的徒弟。只怕受不得許多淡薄。你听我說我這庵中呵。

〔前腔〕只好着麻衣坐穩。不似你罗衣寬褪。只好吃黃虀當然。不似你珍饈混。我這里是山林靜。那更虎狼群。又不似你鴛鴦廝称。要誦些佛懺与經文。打叅時牢閉門又不似你施朱傅粉。便上了西方。成了南無這般清苦諄諄。你休棄了在家的生受。錯認了出家的行逕。〔請娘子到裡面佛堂中去坐一坐再作理會〔旦占云〕因過佛院喻全志〔尼云〕莫說緣由且打叅〔下〕〔丑云〕哭到東時哭到西无過死別共生離。花花走遍關山路。愁听寒猿素莫啼。自家狂拼啊哥見了相公入纖又到臨邛訪問夫人下落不意撞見張老嫗對我說那小姐為文親逼他改嫁削髮為尼逃入戚眉山去了因此特地追來這正是个來山庵不免問声有人在此麼〔旦占云〕山靜无人到空門莫浪敲小娘子你既為我徒弟

當給使令外面有人敲門你可去開就問他(占云)師
父奴家每只拜為徒弟柰才來不知規矩今日師父
暫去開了自此之后但是奴家(占云)你在伽藍后听
着客官阿來(丑云)我是問信的今才有兩个婦人經
過在此師父可曾見麼(占云)不曾見(丑哭介)好苦教
我何處尋他(占云)客官你尋他做甚(丑)師父你不知道

【桂枝香】我相公受困忠臣遭憤家鄉傳話不真錯听了
奸人虛信(占云)甚麼的虛信(丑云)說道夫人病死相公聞之驚慌每在急難之中特遣我來看一端
的誰知道他一身无恙被父苦逼潛逃帶同侍女皆親走出人都見他入山來了不如今往何處(占云)事
有古怪听那人口氣好似青囊說那話兒十分又像今日的事休待我再听他說此甚麼(丑云)草老兒你
欺人忒甚〻〻〻〻為心忒狠令人氣怒教我如今進無門滿
目山陽裡何方覓主人(不免再趕去(占)跑上青囊〻〻小姐在此(丑云)小姐在那里(旦
待我去請他出來下(旦云)青囊你為何到此(丑云)相
公特差我來看小姐(旦云)且住你定了氣息說與我

別來緣故（丑云）當初別了小姐郎蒙朝廷授官隨侍
出边超安西域道經都亭就來你家老相公請夫人
到宅待屏相見誰知唐蒙這廝搓相公壞了他事竟
往朝中讒言受了西域之金聖旨到來檻車拿問正
在苦楚之際又聞小姐病死因此他们入獄教我迎
回一看不意撞見張老媼說道小姐被老相公遣逐
入娥眉山去了以此追尋到此（旦云）孤紅我這里聞
他死知今他也无恙他那里說我死我尚生有只是
兩边遭難幾時
有相見之日
【前腔】呼天不應。求人受困。（長）鄉君為美玉成瑕妾做霜花
飄隕（合唱）舉目万山々々々々。相從無信夢魂勞頓（爹々）要我
改嫁教我別尋春舌。被嚴親逼無端走廟門（丑云）小姐与孤紅住在此
待我去見老相公問着小姐看他怎么對我說一定
言語支吾我就把一言兩話傷觸他教他氣死便了
師父出來我与你說見小姐在此好々款待他我去
与老爹說知回來之時重々謝你（尼云）說那里話我

是出家人天上人間方便第一（丑云）小姐青囊去了明日再來回報空手入宝山拾得連城（丑下）（旦）夫人

【前腔】你在空門卧隱繩床坐穩黃粱未熟須炊自有好夢先呈佳信。看畨雲覆雨。ヒヒヒ巫神感應襄王帰近

夫人你不必煩惱吉人自有天相今日我与你接慇勤把臂臨朱謝論心對久嬲

咱從父命入荊扉　喜見家奴万里帰
今夜相思重喚起　又隨孤夢隔江飛

○第三十四折　青囊阻嫁

【六幺令】（丑上）唱受飢担餓下行來怨氣偏多。全家折散奈如何。愁自織眼空摩傍人見我誰知我自家因尋小姐來到巫山廟裡相見仍復轉來要見卓老兒遠ヒ行來此間將近祠何有鼓吹之声莫是冋太尉那厮思量來娶親了待我去張老媼家訪一的實方才撞進去正是因他不仁者起我伙豢心（下）（淨上）云會做媒人罵兩頭一千三

石再加頤只愁女婿乘龍后淹蹇衽中撥石頭老身
快走自家官嫁媒便是近因田太尉喪了夫人卓小
姐沒了丈夫我与他做一頭媒昨日行礼今日進門
來到他家迎候如何拿礼不見到來呀拿礼也來了
小净云爛破頭巾纖背多與拜喝羅喝連啰落得問
龍升撒帳偷些喜菓獻家資自家堂礼的便是因田
大尉娶了卓家之女命我來請親人上轎如何鼓吹
官攛車馬雜沓他家还不開門呀冰人也在此了見
譯介小净云水人莫是二婚娘子到要做箇势兒净
便是呀遠遠一个穿青的人走來莫是他家于哥央
他開一開門有
上轎錢相謝

【北端正好】（丑唱）肚裡毒蛇窠臉上鋼刀垛將了粗繩棍
發起大干戈惱人腸迸出咆哮乕頭頂上将長江水來
救大
自家去訪張老媼果是今日便要成親不免到他
門首須那廝一頓净小争天哥你是府內的院子
宏（丑云）是便怎玄說央你開一開門有上轎錢謝你
丑打介上轎錢々々々打你這張嘴一边净云不要

打〔丑云〕你是甚玄人〔净云〕大哥我是做媒的〔丑云〕姓
甚玄〔净云〕叫做紅颩颩〔丑云〕你是紅颩颩打得你歡
乾白薦〔打介〕〔净云〕大哥你不要打說个明白〔丑〕又打
〔小净介〕你是掌礼的姓甚玄〔小净云〕我叫做牛皮頭
〔丑云〕牛皮頭々々々打得你一个氣不忚〔小净云〕大
哥々々你打我每我甚玄緣故〔末云〕自家卓府院子
便是因老相公強逼小姐嫁与田太尉正要出門不
知走那里去了如今出出死杀只得教我对他說小
姐一時有恙不能行礼另民一个日子罷如何許多
人在門外喧攘我且去看一看〔净小净云〕老哥々々
你來得好救我每一救不知那里來的這个狗骨頭
打得我每好苦〔末云〕打的是誰〔丑打末介〕打的是誰
賞你一頓大播想你是卓家人丟你家老賊把我家
夫人家了老爹回來時怎玄說好生无理你每鄰要
隨我當官去做一个了斷〔净云〕大哥其实我每不是
了清頭跪一跪饒了我罷〔丑云〕你且跪了听我說着
〔對净打介〕
挹栖這殺
〔前腔〕你不在月中來怎何求問過截了藍橋水激起楚

江波強姮娥到去瑙河鼓唱打介 待把你這頭來砍腰下
斧前腔牛皮頭你 只愛絶兇文錢不識三從大看你那腌臢奔
撞唱甚麽合歡歌你這般掌礼却教咲殺我只怕你攪
飛灾到頭來非小可草家的狗囚你那老賊呵
圮滚綉毬也到是一箇鬼魔也到是一箇賊奴閃此兒
玷污了婚姻簿猛可的硬心腸扯斷絲蘿遠不遠近不
近長不長蹉不蹉只會与油煠猢猻的人做夫婦那里
疊傷倫敗俗也犯了蕭何要使你乞憐常做亡家狗忍
氣須為縮頸鵝始罷干戈饒你每去老爹回來自有處置
可怪王孫太不仁　如何反去怨媒人
空教掌礼遭凌辱　枉使奴才吃苦辛

〇第三十五折　獄中哀泣

[喜遷鶯]生囚服上窮愁难訴。柰地遠天高物存人故。獄底思君。他鄉念婦。都成影隻形孤。一点赤心虛負。万里黄塵間阻。徒自苦。對霜天清角。末夜長呼。文章憎命欸如何始信天高有緝罗羞殺榮華帰蜀錦酒痕偏少泪痕多小生拘囚三年愁苦万狀不知文君死生何處青囊身泊何方。舉目无依空懷悲切幸有獄官怜恤少寬枷扭常得呻吟風雨之際悲號霜霰之時今日天陰慘淡鬼哭神號不勝酸鼻生余悵一度思量一度愁

[雁魚錦]追傷自昔如夢。鄉記壯行束髮多惆悵。從小有暮闈生志。尚相如改號名揚。何青雲万里。每自軒昂。屠龍豪氣。長羨胸中堆錦繡。筆底千層浪。看玉貌甚都謾

長卿獄中哀泣

叨称美望【前腔】畵王彈劍遊梁。一時際會須信道風雲壯高文共獎那其間名壓鄒枚上兎園咲吟登賦場烟霞句就臺榭光玉堂翰墨畱芳閃此个君王陁馬悲亾分披难禁這兩廂。這此時奔走中飄零琴劍悲司馬那此時歡娛處歌舞池臺憶孝王。

【前腔】徬徨利鎖名韁。一時倦遊滋味誰能狀四海空囊綰着客騎古道秋風訪旧地方。相逢氣爽都亭朝謁更足美情佳况。只為那王孫座上朱絃响。久惹出册穴双飛兩鳳凰【前腔】玉樓瓊閣琴心飄蕩。月明風細相引赴高唐宋家徒四壁依然新恨和泪長生受當垆滌器臨

切店。咲迎商烟花主張教我怎不悲傷。又早是多情雅
量伶缶夫〔介〕贈金珠歸故鄉。
〔前腔〕逢歡賞賴子虛金門荐揚美音既流芳天書遠召
拜鄭中郎。辜負了錦心綉腸。羞殺了鸞衾鳳帳誰知道
今日裡嘆行藏。只恐閨情客思难憑准明月梅花兩地
傷〔淨扮獄官上〕呀呀這是誰人帝吳開獄老爹來了。〔生〕
你來是司馬先生。不要故這等勾當。請到本房裡去
聞知新廷尉老爺王吉是你鄉里。他到時必有好處
〔生云〕此信可是真麽。〔淨云〕豈有此礼。這个那有假言
〔生云〕如此且喜
多謝了。〔並下〕
○第三十六折　廷尉伸冤
称人心〔小生唱〕陰雲蔽久青天。今得舒聊忠臣恨三年未

酬辛賴一封朝奏君王肯首一霎時春回枯樹舊地裡
光生敝帚（女道）君恩不易全誰能披日撥雲烟今朝信有回天力免使沾襟泪黯然下官大廷尉王
吉是也當初与契兄司馬相如都亭一别本謂牧
絶域不回还鄉兵立功名同心事主誰知唐蒙這廝
中間行譖反害相如下獄三年死人之自小生叨居
廷尉只得冒死以聞幸皇上聖明旨下着廷尉議了
來說小生自以相如為唐蒙所譖情所當恕唐蒙傾
害忠良法宜重竄遐去了如何不見聖旨倒下呀
前蹤來的飛騎
想是王音到了
海棠春（外扮使臣）可嘆久要人臨难怜朋旧（旨下廷尉王吉前議司馬相如
之罪揩書蒙造言仍復其官爵唐蒙即日棄諸市朝
以彰国家大典欽此見介（小生云）呵左右到大理寺
獄中請司馬老爹出來（左右云）不待金雞赦先逢獄
燕來（下）（小生云）叫左右一面到錦衣衛獄中拿唐蒙
出來（左右云）善惡到頭終有報只爭
來早与來遲（下）（丑扮獄卒押生上）

〔前腔〕肯信轍中魚，斗水重蒙救（相如自分九死一生，前者聞得廷尉乃是故人

王云又聞得他啓奏朝廷明我冤迹，今來取我必有好處。呀，楊兄也在這里。（丑云）稟老爹，犯人司馬相如取出來了。（小生云）呀，左右取冠帶過來。与司馬老爹喚了見介（小生外云）長卿本謂生死為期，不意陽和忽布。且喜又復官爵，还令文園。（外云）唐蒙這廝如今十八錦衣衞拿他去了，見有聖旨在此。（生云）聖旨那里（讀介）近不旁覓孤忠感近待我望闕一拜。

〔瑣窗郎〕想當年蒙耻拘囚，諒尸骸棄不收〻。一時遭困覆轍，番冊圜扉啼怨血沾襟袖。（合唱）感一朝雲開霧散春还又逢聖主遇良友。〔前腔〕（小生唱）自都亭欵接綢繆，別離后羨貴游。誰知机伏塞馬生愁處，排忠義受寃讒口。（合唱）感一朝雲開霧散春还又逢聖主遇良友。（生云）王楊二兄你还不知

(小弟我有一般苦楚)前腔悔當初歆覓封侯。忍輕折鸞鳳儔。堪憐別后竟掩荒丘。天涯覓信空悲翘首。(小生外云)這个到不知道(合唱)喜今朝前程美滿誰道又人再聚花重茂

前腔(外唱)(長卿)嘆人生聚散雲浮。總生喜忽变憂。春光一夜霜露三秋不須成惋。且共消愁(合唱)看他年前程美滿依还又人再聚花重茂(小生外云)此信想是唐蒙所造不可听他(末押净上)有身犯你業便死也甘心。我唐蒙當初傾隔司馬相如。本謂自家脫离身子。那知天網恢恢疏而不漏。又被朝廷拘示。如今朝廷對取我不知生死如何(末云)犯人唐蒙一名取出(小生云)綁去西角頭斬了(净云)爺爺小的當死請問何罪(小生云)还要胡說你壞了边方大事。又去須害忠良事干大典法難輕恕押去便了(小生外)長卿請到貴衙門去明日小弟二人同來奉賀。

詩　人生悲喜苦难憑　万事到頭終有報　今日札知不負監　天心人意自分明

○第三十七折　卓老覓女

外云黄梅落雨情何在蛛網牽絲心自知老夫前日聞知相如受罪一時难忍逼家文君可柰此子不從父命只恋夫情夜帶丫鬟逃奔山去尋覓多方杳无一跡我思相如之信亦恐未真倘若回來將何抵當我如今把他生院暫時封鎖一面打听相如消息一面細訪女兒下落再作區処卓然那里末應介外云你去分付二小姐并管家的把小姐住的宅子好生封鎖小心看管着我自有処置末應介外云冷熱灶中燒火难精滿肚炎凉泣下

○第三十八折　茂陵新娉

掛真兒　占扮茂陵女上　紅杏枝頭春已到看双蝶花外飄颻陽葉黄鸝映堦碧草抵死將人情攪　有女懷春人不知匕心惟有素置衣腰闊

常帶宜男草。袖裡時藏贈客珠。香點點。思依去流酥帳裡怕聞雞。王郎那得同遊去。心事空憐阿毋疑。自家茂陵園東隣女是也。年紀破瓜。芳姿傾國。齒含情王慧性宜人。喜見風花性變。悶來无事。頻眉愁縲針指工夫懶去。不勝回首揚鄉臬春可怪。許多絲緒藉落沼空憐。些子蓮心隔芭蕉。獨立斜陽。默听何事倚闌。拚紅看新月。曉受清風梧桐影閃過隣東。哨不見躁琴李士子規声。啼殘惕你喚不醒。俠彈郎君正是撇果。■閒无處覔。題詩葉上有誰知。幸有西隣茂陵園中有个郎官。在内讀書。其人半姿都雅。骨格清竒每听他長吁声。罷便調一曲瑤琴。短步時蹁。忽就数行。飛葉風流。难遇歲月。易迁。毋向東墻偷覷。那人畧不關心。正是相見无言。还有恨。幾回撇却又思量。好生掛牽人也。不免乗他閑暇。得他回心也是奴適意

【懶畫眉】雲梯三疊鳳鞋高。斜捲春衫荳蔻梢。你看他遠遠步出西亽來了烏紗帽側過芭蕉。我欲賣弄一箇風前俏。故把青梅作彈拋。拋梅介

【前腔】孤眠客況惱春宵。又是病酒懨懨

怕日高呀這的是何來飛燕掠梅梢呀却原來露出如

花貌佻一箇風前月下妖。雖然如此不必看他彼有顧盼之心我亦止渴之意下說了

上云看此〻書史使了這是三墳也怕看他這是孫武子十三篇我也不看了劉彼你悞了我這是軒岐之書

也到好我這病中喫些〻服食到有生理背看介旦云他已看見我了為何假推𢬵樣待我咳嗽一声低嘆一回把我的心去喚他轉來咳介

前腔珠玑欲噴暗香飄那此〻个楚舘秦楼咫尺遥我嘆一声

呵分明賣与海棠嬌韵薄情故把春光閑裡成消耗殺

高堂神女勞生背云他咳嗽之声鍾情于我旦只是色投魂与心論目送只是自家妻子尚不知生死下落那有好心腸看你

前腔生唱謾思當日鳳琴調番惹得紛

匕涓暗拋杏花墻外任妖嬈旧枝未得春風信肯孝那

浪蝶狂蜂栖露梢〔小占云〕劇心薄倖交莫是陽藍橋〔生〕背云藍橋隔咫尺指日是帰潮東隣

女我鱼感你之情
你不知我心事耒

〔桂枝香〕秦楼鳳渺碧山雲杳沉々春信难尋何意重游花鳥你是危巢紫燕々々々呢喃空好于飛难效謝多嬌撥盡相思調琵琶秪自劳。〔小占云〕你好薄情也

〔前腔〕一時魂遶千回心倒空慚雨意雲情孤負風清月皎那更王楼深鎖々々々空嘆鴛鴦自老何處藍橋杈廟任粧喬正是人間天上誰為主水自空流花自飄〔生〕轉

〔对占云〕東隣女非是小生薄情有事関心无缘作合下墻去罷怕有人来不當穩便也

流水无情恋落花　春風上自度年華
落花有意随流水　只為无情自怨嗟

〇第三十九折　閨門望月

【憶秦娥】（旦扮陳后上）愁難禁。長門望月偏孤另。（淨扮女官上）偏孤

另。愁人愁魄凄ㄴ相並。初入承明日。深ㄴ報未央。長門七八載。无復見君王。棄風入骨

清獨卧愁空房。囑履步毛下。尚懷空感傷平日自愛

惜所侍非常色。美反成䜛。夠薄何可量。君恩实睞

遂羌意徒擄揑。家豈无骨肉。偏親老北堂。此身无羽

翼。何計出宮。禽性倘然所重。桒割憐自戕。悠ㄴ長門

月。清宵每斷腸。詞賦若可買。下金不吝償。妾身陳后

是也。當時蒙皇上寵幸。許我金屋。何等榮貴。后因无子

失寵。致妾長門。色尚未衰。寵已先弛。追思昔日。如

限雲悲。只恐殘花巳被。缺月長孤。雨泣風愁。生不

死。淨云告娘ㄴ知道。禍福无常。憂喜难定。聖上一日

心悔。娘ㄴ即便榮还。何苦悲悽自傷。土貌且請保重

則个。旦云你看這深

宮景色。好生慘人也。

【山坡羊】露瀼ㄴ黃金堦冷。風慘ㄴ珎珠簾靜。嘹嚦ㄴ霜

陳后閨門望月

空雁声啾唧〻。蛩語愁难听。泪暗零。空堦月自明。碧雲
離合难憑準。青鳥浮比。怨未平。〔合唱〕君心凄凉玉井泶
君息蕭疎。暁殿星稀。〔净云〕娘〻有好苦也。其二〔你看〕杵悠〻。金砧衣冷。
漏沉〻。銀牀風静。水潺〻。銅壺愁流。清切〻。絡緯悲霜
逕。天路深。翠華声已沉。重門深鎖。孤鸞影。宝瑟空悲寡
鵲情〔合前〕其三 草凄〻。芙蓉池冷。葉蕭〻。梧桐院静。乱粉
昭陽咲喧静悄〻。闌檻和愁凭。魂暗〔云见〕驚。朱顔空半沉。断
雲残雨。三更梦。玉漏金壺永夜情〔合前〕其四 夜清〻。鴛衾
香冷。暁宜〻。玉鞭声静。路迢〻。羊車遠。鸞思渺〻。月底
清砧。應灯半明。相思梦未成。歌臺舞榭悲春去。團扇。秋

風嘆髮星。〔合前〕娘娘天色已晚一夜好生消受了。請去安歇罷〔旦〕云老官媼君王心背。百計难回。必待何人。可以轉達。〔净〕云告娘娘。聖人所好。只有詩賦。前日拘監揚得意。云有成都人司馬相如。皇上所愛。若能求得此人作賦諷諫。或者有回天之力。〔旦〕云果有高才美賦。何惜千金一買。就着楊得意即便与我賫金往。押務要周全。〔净〕〔云〕領懿旨。奴婢就去。

詩　真成薄命久嘆宮闈　不竟今宵有所思
　　但得黄金買詞賦　昭陽重見月明時

〇第四十折　吟寄白頭

〔小重山〕〔旦上〕唱　泪咽無言秪自傷。不勝心腹事。步郎當。可憐天外薄情郎。深負栖孤雁行。〔白〕畫虎畫皮难畫骨。知人知面不知心。從今悔却當年事。枉惧嬋娟夜听琴。自家青囊從紵跟隨相公。受了許多辛苦。臨邛這庄事也是自家做出來的。带累小姐孤紅无限憂愁。指望有出身之日。大家受用。詎知一朝富貴。就敝了我每。今早小姐着我到郵[illegible]

訪問消息始知相公〻〻非已什官戚已復不該又恐
了茂陵女子要娶他為妾把小姐一片真心尽付東
流去了今因小姐死人捐没薪水不得工夫上京一
訪的信好生煩惱他若果然薄倖我也不去随他了
正是可与共患难不可共安樂心腸只自嫌受命原
来悪你看山門前这貴蕠帰却还唯好生参人我且
在此閑坐一回待孤紅出来与他商議一番
才去見小姐呀說猶未了孤紅姐已来了

（香柳娘）唱【占上】望天涯路長。〻〻〻。花〻烟浪如何魚也
难遊上鶚。青霄渺茫。〻〻〻。空着雁排行誰傳這愁兒
向神前合掌。〻〻〻。勤燒暗香消除業障。奴家与小姐迯入巫山亩
中不竟已經三年日不消息竟无杳然今早小姐着
青囊出去打听如何至晚不見回来因此又着奴家
到山門口去看一看待我参了神佛出去未為遲也
呀青囊小姐叫你打听消息為何不來回报友在此
閑走我猜着你了
【丑】云你猜着甚麼

前腔【占唱】豈東人受梱殃。匕匕匕匕匕遭羅法網【丑云】不是【占唱】山厨莫少齋和釀你空担餓腸。匕匕匕匕【丑云】不是【占云】我倩着你莫是念家鄉淒凉倍惆悵【丑云】也不是【占】【背云】事有言怪這腌臢醜狀。匕匕匕。除非發狂痴心乱想【丑云】孤紅姐不如我的苦就是你的苦【占云】你怎么說

前腔【丑唱】見夫人慘傷。匕匕匕匕。暗添悒快【占云】他又為甚么來【丑唱】王今人已京天上【占云】這是相公喜信你為何愁煩【丑唱】忝軽迷艶妝。匕匕匕匕。桃李正粉芳。春風忽飄蕩【占悲介】有這等事他好負心人教我与小姐怎生下落。根究債未償。匕匕匕銀河漸朗又生風浪【青囊教我怎生回復小姐【丑云】我若說了教他何以為情呀小姐也出来了】

前腔為恩多意傷。匕匕匕匕。肯教情放脩眉懶画春山様。忝山高水長。匕匕匕匕。

雲雨覓茫ㄝ。閨心何誰傍。（旦）叫我叫孤紅看青囊回來夫也如何到在此下泪不好了

（占）丫頭敢是春心ㄝ蕩。ㄝㄝㄝ尋。消問息風流枝蓑孤紅我叫

你問青囊的消息如何到在此鄉ㄝ濃ㄝ不要做出些ㄝ歹事來若是怕守空門你自出山去罷（占丑背哭介）

小姐不好对你說得（旦）做別听（介）

【五更轉】（占丑）唱（旦）我眉頭蹙。心内怏。回思各斷腸。小姐你怪我毋壞事都不知他如今紅被重翻浪（旦）云孤紅你言及至此莫非長鄉他都有甚惡意來（占）唱

若款追問緣由。教我泪珠先放（旦）扯占介（孤紅必有緣故你就說与我知道（占）

奴家不曉得还問青囊（旦）云青囊你过來我問你（丑）云小人也不曉得只听見人說在京師仍貴

显多佳况（旦）云這是好消息了你还听得怎広說（占）扯（丑介）不要說（旦）云這小妮子怎生不要他說

（占）背云小姐呵人情浅薄难逆量（旦）云难逆量呵莫非那薄情的变着心了（丑背云）好羞人

也

又做出當初美琴佼倆旦哭介天、呵有這等事倒介占云小姐甦醒旦云孤紅不
意薄情的斷送得人至此我今進退无門如何是好
占云小姐且不要煩惱他既不死又解了寃迹做了
高官難道就把小姐的恩情我每的苦楚一但忘了
這段姻緣左則也是我每做的你就寫下一封書待
奴家自去遞与他看他就裡緣由即知他負心不負
心占云小姐書中也把言語打動他使他回心轉意
亦可旦云這也說得有理天呵妾意憐青鬓郎心棄
白頭請量海水看取淺深愁書中有回言語只作白
頭吟寄便了孤紅你去取筆硯过来占云小姐筆硯
在此須得尽情寫下旦哭作書介皚如山上雪皎若
云間月聞君有兩意故来相决絕淒淒重淒淒嫁娶
不須題願得一心人白頭不相離孤紅書已寫完了
我有金釵一隻与你作盤纏去路上小心須定要討
个真實信回来呵占丑云這个不消分付我就前去

前腔卸袈裟出道場前途苦去路長風飡露宿难打當
帶着魚緘雁帛將心說向小姐呵你相思管自主張休勞攘

前生受業今遭障。占云小姐你既出家还要在此消遣空門暫作維摩

行相。師父有請尼云至観三千界開遊不二地忽朗能外哭猶有未空指小娘子與我有何話說占丑云

我每聞得老爹喜信要到京中去探一遭好生労你作伴小姐一兩个月不時就来迎接重々謝你尼云

且喜々々小姐朝暮扶持都在我身上占旦云小姐別了去罷且住还有一句話兒劝你莫捲乍鬢須席從

他生網絲行升又轉介且留琥珀枕或有憂来時下

回云師父他兩人已去了我与你到佛前祈禱且回

則个尼云使得

夫人請先行

前腔旦唱穿側徑來方丈求礼拜过雁堂。如來鑒照金

天上旧事差他新愁鞅掌。我只为負義人薄倖郎。佳期曠

秦楼又把風情颺。虔扣慈悲保佑夫妻隨唱、

詩

一封書自泼寮天。行盻遥京意惘然

可惜平生美琴手　挑灯來卜佛前戲

○第四十一折　賦就長門

（外扮楊得意持金上）銀盤初賜紫金來，欲覓文園作賦才。莫道長門掩秋扇，春風重上栢梁台。自家狗監楊得意，奉陳娘々之旨，賫金百斤賜与相如，求賦長門以悟主上。聞得長卿恭病在茂陵園中，不免到彼訪問，傳宣后旨。此間綠樹團陰，清泉激王，已是茂陵園了，不免徑進去。

【步蟾宮】（生唱）朱明又过端陽矣，感時序景是人非，那堪多病更相思。臥起新蟬声裡。々一度思家一惆然，天涯度日更如年，那能一滴金莖露，暫解文園渴吻煎。相如別家甚久，悶懷誰揺，前着青囊回去訪問文君消息，誰想杳然。近者東鄰有女，雖自美好，非我思存，況兼旧疾復作，渴吻難堪，當此炎蒸，益難排遣。呀，不知誰人在外面，莫有佳客过訪。左右去看是誰，即来通報。（左右云）呀，是楊公々，容小人去通報。禀老爹，公々在外面。（生云）快請進来。（見介）（生云）大暑着去，酷吏清風来。故人楊兄，何幸垂顧，請坐。（小介）長卿，你高才独步，紫禁傳芳。陳后久謫長門，奉

楊淂意賫金求賦

旨賫金求賦得鄉含宮泛羽轉悟天心則黍谷生春
寒灰重煖仙家有千歲之感朋知益百倍之光謹獻
匪儀幸為留意生云小弟為賤累未未思償成疾后
旨固不敢遠嗣賦尚容緩進小外云吾弟蜚英翰苑
騰茷文塲下筆如神倚馬可待不須謙讓小弟暫此
告退明日拜領生云待來去小外云不勞了恐妨彩
筆人急返黃金殿下生長嘆介帝后失寵尚以黃金
買賦至如世上夫妻一旦愛弛將何以回恩義不竟
重有所感左右取箏覗來
閑人不許擠攘左右應介

前腔封愁緘恨人千里風花性何處佳期別來心事且
休題探取新撩云雨占云行來愁頓劇香汗濕羅衣丑
歎探東君意先藏信一緘孤紅姐
此間已是茂陵園了你且暫住在此待我空身先自
進去只說小姐已死看他怎了新人怎生收出付情
話兒那時你便進來遞書与他占云有理你就進去
丑云開門〻〻左右咄介咄你是誰丑云我是老爹
貼身的大哥左右云失敬了進去〻〻丑云相公磕
頭生云牙青囊你來了為何一去四年教我望穿兩

恨。百事休題只說夫人信來【丑云】夫人被相公氣死
了【生云】呀前有賣箭的那人說他病死怎生到是我
氣死他莫是他父親有甚緣故【丑云】也不干他父親
事。都是相公自家做出來的夫人聞知相公官爵已
復娶了茂陵女子為妻忘了旧時恩義。一時忿憤自
家縊死了【生】哭介天呵這是那一个天杀的造此讒
害得人如此我四壁蕭然空牀徒守那有此事【丑云】
相公果光此事不須煩惱夫人遺孤紅來探相公【生】
又調謊了孤紅在那里【丑云】在門外待我去叫他進
來【旦云】无可柰何花落去自曾相識燕歸來相公々
々恭喜々々新夫人那里待我去見一面只是我每
小姐福薄已得相公得意之時如今又死了【生云】孤
紅姐不要這等罪
我听我与你說
【綿搭絮】當年聞說病危時。独抱万里愁思覔鱗鴻問取
佳期四年來魂梦驅馳。喜得春風無恙。偏諳受百種凄
凉小姐我的病軀也為你十分憎重到說我恋了新人無端害你寃恨如天。是我時乖

運否。〔占云〕難道沒有這話〔前腔〕無情蜂蝶戀他枝。肯顧旧花鬚。你
却假粧喬設巧。詞滿懷春。瞞却佳時。你知道庅。小姐被老相公逼嫁迯帰
山庙削髮為尼了。自把風流藴藉。都付与救苦慈悲。柚中取書与生這便
是小姐送与你的書。心事全憑這緘封非浪語。〔生看書介〕呼到是白頭吟一首小姐
你不惟秀色可飡這文詞益妙青囊过來你說个倸
細与我知道〔丑云〕我當初別了相公竟到臨卭柏臺
書院前撞見張老媪問他小姐下落說道前日有个
迯軍來報相公死在边上了那卓老賊便生下这心
要逼小姐嫁与田太尉小姐事出无奈只得与孤紅
私自披剃迯入小巫山庙中小人那時尋訪得下
落伏侍四年不敢輕离又聞相公釋罪还官再娶美
女因此小姐差孤紅奉書告絕並无繾綣之情〔生云〕
有甚告絕相娶就是如今小姐在那里〔丑云〕迹在小
巫山庙中〔生云〕既如此你便即忙前去請夫人入京
不可遲悞尼姑有意招与同來孤紅女子路途不便
就在此罷〔丑云〕小人若与孤紅同行死也就去〔占云〕

卒我也要回。只恐去后，俏生别情姑留香，管你見小
姐就将此意回報。丑云我不去說，只說孤紅要与相
公那会不肯回来。占卒介生云不要胡說，快去。丑云
如此小人就去若尽，幷来在此遺弃波不惜財无毛
歸来飽飯黄昏后。只怕孤紅送折腰下。生云孤紅你
且進裡面去，待我做完了長門賦，你可出来，还有話
說問你。占云相公有何要緊這等匆忙。生云你不知
道陳后退與長門，告情莫奪，賫金求賦，欲还旧寵。今
日狗監尖待，故此不敢遠悮。占云却原来天下未嘗
无对，相公無情，皇上也無情，小姐福薄，娘娘也福薄，
君臣一体，夫婦同傷，有這等奇事。陳娘娘你好痴痴
々々，莫把黄金買詞賦，相如自是薄情人也，罷罷罷
奴家且進去寄来無礼，非為早洗去蘭湯不敢遲下
生云真个今日之事好生有感，我且作了賦肖做理
會凡夫何一佳人兮。
步逍遥以自娛。
前腔魂踰不返，貌稿空居。顧賜問面自進，得尚君之王晋，若何地承奉
君顏，望離宮只自吁。陰云翳而四寒之兮，天窈々而晝陰，听輕雷隱过君

車。日黄昏而望絶兮帳独托千空扉空懸着清宵明月。凄斷了寂寞庭除。援雅琴以变調兮奏愁思之不可長空調鳳曲鸞音思悠ヒ誰对語。貫歷其中操兮意慷慨而自卬。前腔徘徊倚袖。涕泗沾衣无面目之可显兮遂頓思而就牀。魂梦恍在君傍。覔來時意自痴。望長門月淡星稀悩听金壺報曙。簾栊映新日輝ヒ。望中庭之靄ヒ兮若季秋之降霜夜漫ヒ其若歲兮懷鬱ヒ其不可再更蹇踌躇兮荒亭ヒ嗟独處占暗上言語巧偷鸚鵡舌

文章兮得鳳凰毛相公在此作之待我悄ヒ裡听他做此甚庅生云長門賦已完了难不這等憂思這等詞藻不能打動君王差人就送去与楊兄便了只是勤了痰火不竟玄嗽起來且在此牀上暫眠一回苶息精神与孤紅講話占云相公作賦完了生云完了占云誦与奴家听一听生云詞賦語長公特准誦不了过怨望而已占云难道奴家不知音就不肯誦也罷我自去了生云孤紅姐轉來我有知音話兒对你說

占云有甚底知音說生云作賦過勞痰火忽動我要
抵息一回。央你暫時翁兒挽半餉取茶我自謝你占云
敬當驅使生云不要驚了我手笑生絹白團扇孤蝶
全仗北窓風枝頭莫放黃鸝語驚斷瑶臺夢不通占
翁介近旁病鬼你叫
我打扇可分明要
皂角兒扇底風晚凉作雨。前來呵分明要炉中火夜深求水只怕
你梦兒中上楚臺熱心已消到華胥風情走矣口怕你做一个別樣的梦
兒你到去恋東隣墻上奇蛺蝶迷鴛鴦戲忘了醒時。生嗔中驚你抱
態介占云呀不好了且把那扇兒打醒那不長進的早應見鬼魂灵亂飛打不介咲微
七借將團扇打伊驚起生醒抱占介孤紅姐淚李何救我一條性命占云啐不要胡厮
纏我看你這病兒呵前腔瘦骨頭削尖了嘴啞喉嚨嗽湾了背。小姐
來聽你厮要聚旧情鴛鳳顛飛又要与倘墻那人呵恋故交燕巢新壘

只此兩下怕你打發不去都还要迯風情抛性命見花心鑽在裡你好真痴生云便使呵也顧不得了俏寃家怎生推調咲人憔悴臧占介占云不要是這等怕有人來生云也罷我与你到水亭上去罷占推介〔尾声〕喜得荷亭凉似水試把牀上残書收取將與鵁鶄作陣飛〔下〕

○第四十二折　錦江曉發

〔高陽臺〕〔旦上〕唱簷鵲頻声灯花旋結夜來好梦閑情尺素沉埋何時鴻雁堪憑〔尼唱〕清心試向伽藍問知甚日笑領佳声〔合唱〕齋鍾罷松閑共倚閑看白雲生〔旦云〕師父我昨夜独坐幽窓最喜灯花双結今朝閑凭小檻又看喜鵲群鳥若非有生定為佳兆我与你到山門前閑步一回或者有消息到來亦未可知〔尼云〕夫人這也說得是就請先行呀那遠遠來的豈不是你家大官〔旦云〕呀

果然是青囊（丑小争云）人逢喜事精神爽。路到平安不竟多。自家奉相公之命，來請夫人，并送黃金与張王二老。毋今已送過，遞運行來，此間已是小巫山廟了。梢水的，你月往。在此，待我進去來。（丑云）夫人謐頭（旦云）呀。青囊你來了，為何孤紅不見？（丑云）怕相公做出別樣勾當，只得留他看守。（旦唉云）他不回官意，我已知道了。相公見書否？（丑）他書已見了。（旦）他見了書怎否說？（丑）前日相傳的話兒都是假的。相公特差人舟在錦江灘上，候夫人。就央本廟師父伴送到京。望夫人収拾行囊，就起程罷。（旦）我也沒有甚否収拾。只怕師父放這里不下，不肯去。（尼）若是夫人要我去，敢不奉承。此〃小廟徒弟可以看守。（旦）師父，多謝你美意。青囊，這里到錦江灘，有多少路？（尼）夫人一過山灣就是通津。（尼向內云）徒弟，你好〃看守廟宇，我送夫人去。不日就回。（行介）相送仙姬出山閣（旦）走看飛鶴遂南还（丑）不復回頭望空廟（淨）隨潮直上錦江灣。稍水謐頭，告夫人，潮已平了，請下船解纜。好風〃〃，待我扯起篷来。

【耳州歌】旦唱

篷窓漫興，見山高月落，石沒潮昇，不堤初

滶多少野鷗飛𩙪風飄翠袖空中峯日照新妝水底明
波光淨川氣清帆檣疑在鏡中行溪浦綠津樹青風烟
多在畫中生前腔尾禪閣望已高看白雲漂渺乱封諸
嶺薜蘿衣薄峽風吹今遥山晚帯楓林翠別浦寒浮杜
若清恒沙溆彼岸平從教宝筏濟群生慈雲復法海澄
悠然不夸渡杯滄前腔淨唱偏諳水上情看開驚浪急
挨柁風生青錢不用行看箬衣魚熏長年江上誰怜我
黃帽溪頭別有名桃葉度楊柳汀何妨欸乃數声清烟
波瀾風日晴不須千里問帰程
尾声從教仙子多乗與騰雲駕霧上瑶京争羡鵲渡銀

河牛女星 [旦]半篙春水滑 [尼]一段夕陽愁

[丑]行雲離蜀峽 [净]飛夢入神州

## 第四十三齣 片帆追送

[外]上萬事分已定浮生空自忙不勝心腹事今日自羞惶自家卓王孫當初待文君夫婦其實过當了些那知道相如又復官爵差人回來接妻小前日訪知女兒逃在外說在峨眉山庙中如今到那里看他一番只說父親當衫錯悞不及記懷知今特來護送入京一應盤費都是我週全看他迤逗行來此門已是巫山庙了為何閉門在此不免敲門問他則个[內]云是誰[丑]我是來看司馬夫人的[內]云今早京中差人來接去了我們師父也送他去了[外]天呵早得一步兒也好如今送他不着好生懊也罷且回去明日即趲人船追送便了正是

自家勢私自家親　只為孩兒識好人
枉使當時情独惡　教人哭罵卓王孫

## 第四十四齣 魚水重諧

似娘兒[生上]巧夕遇新秋穿針伴悵望西楼[占]鵲橋久已安排久注看鳳幄行瞻龍駕相會牽牛辭家遠客愴秋風千里寒雲与断蓬今夜銀河凤浪靜定知牛女笑相逢孤紅昨日青囊有信附来說小姐今日到京已曾分付打掃房櫳整備酒肴不知可曾完備否[占]俱已完備了只待小姐到来呵青囊来了[丑]世間快活事无过報信人既有銅錢賞又有酒肉吞告相公夫人到了[生占]且喜且喜我与你出去迎接則个[前腔][旦]景色藹新秋逢四美反起餘愁[尼]佳人才子今成偶旧愁万種新愁千緒一筆都勾告相公夫人到了[生]呀夫人拜揖[旦]背不理介[生]夫人向来恩情拋棄得那万千夫人請轉小生拜揖[旦]又不理介[生]尼姑你与我劝夫人相見了罷[尼]夫人与相公相見了有話慢慢說[旦]我先要与新夫人相見[生]小姐枕如若有此事上天可鑑[占]孤紅磕頭小姐前事果然没有[旦]此事雖无別有一言相講[占]小姐今日到此有話就說不必遮趄[旦]我家老相公為人不忠其实可惡但父雖不慈

子不可以不孝知今他想了旧日冤恨不免去報他這
不是陽戌父子之倫了若把往事休題我十相見〔占〕是
知此〔净〕生云〔介〕〔生〕夫人既說过了敢不奉命〔占〕小姐請
相見〔旦〕見生〔介〕〔生〕憶昔相离衰柳前〔旦〕經今倏忽十余
年〔占〕空門歲月御何若〔旦〕絶塞風霜我亦憐〔生〕莫怪浪
傳紅葉信〔旦〕須知愁寄白頭篇〔合〕從今願指星河誓常
似中秋月倍員〔生〕夫人今日是七夕良辰相逢甚異小
生特備酒肴与夫人接風休追往事且樂新歡孤紅看
酒未〔占〕洗盞無叙旧消怨更除羞〔下〕〔尼〕告老爹尼姑就
此告回〔生〕尼姑我夫人在你庵中擾擾多時不曾謝你
今又労你一送來目往在此一開要我日另自差人送你回
去〔尼〕尼姑一送則庵中无人一則趂此便舡不敢久住生
既如此叫左右快取白金一百兩送与尼姑助修神庵
待我回来再當相謝〔尼〕多謝多謝但願老爹夫人生男
必做公卿將相生女必配君王侯宰福共山川並積壽
同日月无疆〔下〕〔占〕一壷情所係千句不為多相公酒在
此〔生〕孤紅斟酒待生
我遍夫人一盃〔畫眉序〕天府羨仙遊勤捧金樽洗
塵垢喜都亭風景依然還又燕鶯期數載分違鳳鸞交

百年消受（合）西樓莫負穿針只同看鵲橋双宿（旦）孤紅将酒來我也奉相公一盃

前腔追感淚難收誰信今朝共携手法相思萬種对君難剖嘆龍宮漂泊无聊喜鳳幄歡娛依旧（合）

前腔（旦）孤紅青囊过來今夜是牛郎織女相会之期你二人相随我夫妻二人受了許多辛苦也拜了天地就此相聚成親上下大小一樣團圓（生）再賞你二人黄金百两（丙背云）小姐你忘了當初要出門的話兒了（对旦）（云）小姐我怎去配与那尖嘴光棍（丑）你勾了你勾了（旦）不要推辭了青囊去扯他过來行礼（丑）扯介（占）羞人答答怎生过去得（拜介）

前腔（占）新月掛銀鈎笑指双星強諧偶奈瑶池仙眷羞配兇俦（小姐）都是你做冷欺花（相公）君也忍将烟困柳（合前）

前腔（丑）恩主共千秋双捧金壺勸斟酒須人間天上同效綢繆賀郎君玉潤氷清祝小姐身安

輻輳合前

外上喜事到來偏賀錢賞心多處不在鍾自

家卓王孫迶差女兒且到京都此間足他寓

所不免含羞而入主旦驚接介貧僻首僻久造貴範每

新老懷又对旦云孩兒一別四年奉庵慶喜生旦前事

休慝且同今樂小生小外錦錢方得佰珠德吏生春揚

光適閣長卿夫人巳到合當往賀我每你同去定一遣

相見介生二兒請坐小生小外長倂賀喜夫人賀喜小

弟拜奉一盃生多謝多謝衆蹺上丞旨到來生圣旨到

來俠排杳奈迎接末一心承帝詔兩足駕紅云自家奉

圣旨到茂陵國去比間巳是聖旨巳到蹺聽宣讀皇帝

詔曰朕聞褒忠錄資劝善刑暴帝王所由昌也文閤令

司馬相知久寃得白作賦感朕俾孟实戀進鄉二千石

奏卓氏貞心不替勃迹可加封蜀郡夫人廷剐王吉徇

盜楊得意俱去進貧理应上賞王吉進喈一級揚得意

賞良五十斤絲毀百疋卓王孫心斬施仁量能容物姑

免寃嗚呼旌功褒善乃国家之大典显覩揚名实臣予

之至茶欽予特命各裕乃心謝恩生旦小生外小外万

歲万歲万〻歲生天使大人請坐末不劳了九天宣詔

罷一騎望云皿下外我无顏相对諸公暫進裡面數息

一會諸公請自在下上山妻衫到卿治一盃水酒敢屈

二兄一坐少叙故旧之情不生小外孛遇喜事只得領命了生左右将酒过末鮑老催殷勤斗
酒感仁兄薦拔頻垂手同欢笑争憐故舊再取酒末望二兄寬飲一
盃何妨翁底歌樽前舞花間滿開懷共醉黄昏後合馬
蹄踏碎月明堦金鞭醉拂行人肯小生小弟回敬小外吾兄一盃前腔
英雄困久雲翻雨覆君知否荣華富貴天成就官爵高
才名茂鸞鳳偶人生美頭酬八九合前衆今日謝天不盡了双声
子难消受难消受百年人同福壽同福壽今古誰更有
合君恩厚君恩厚难報酬難報酬願同天地久万歲金
甌前腔新聲奏新聲奏這傳奇應难朽應难朽料知音
同笑口合前康寧富貴皆輻輳願子子孫孫彌壽樂不

盡[illegible]堂春畫

才子文章冠古今　佳人傾国更知音
花間每憶當壚酒　月下常追隔壁琴
分散莫嫌丹鳳詔　團圓須記白頭吟
誰人為寫風流調　落魄孫生萬古心

ISBN 978-7-5010-7421-1
9 787501 074211 >
定價：90.00圓